Ivan Moscovich

COLLECTION MASTERMIND

Arrangements, combinaisons et autres énigmes

1re édition française octobre 2008

ISBN : 978-2-300-016462

MICRO APPLICATION
Support technique : 20, 22 rue des Petits-Hôtels,75010 PARIS
Également disponible sur www.microapp.com
http://www.microapp.com
Tél : 01 53 34 20 20, Fax : 01 53 34 20 00

Table des matières

Introduction

Depuis le lycée, j'adore les problèmes et énigmes mathématiques. Cette attirance s'est transformée en passion lorsque, par hasard, j'ai découvert en 1956 le premier numéro de *Scientific American*, avec l'article de Martin Gardner sur les jeux mathématiques. Voici donc près de 50 ans que j'invente et conçois des énigmes, jeux, jouets, aides à l'apprentissage et travaux pratiques scientifiques.

Les jeux mathématiques sont des mathématiques sur lesquelles l'aspect ludique est prédominant. [illegible] bien trop générale : l'aspect ludique des jeux mathématiques recouvre souvent un réel intérêt pédagogique, si bien qu'il n'existe pas de [illegible] ludiques et « sérieuses ». Il n'est pas nécessaire d'être un [illegible] C'est simplement un autre langage, celui de la pensée créative et de la résolution de problèmes, capable d'enrichir votre vie comme cela l'a fait et continue à le faire pour moi.

Nombreux sont ceux à penser que toute connaissance mathématique est superflue. C'est faux : les mathématiques sont à la base de toutes les connaissances et le support de toute culture de haut niveau. Il n'est jamais trop tard pour commencer à apprendre et à apprécier les mathématiques, ce qui procure à notre cerveau trop paresseux un sérieux exercice mental et offre l'accès à un type de satisfaction souvent inhabituelle.

Lors de la recherche et de la création d'énigmes, je favorise celles qui sont plus que simplement amusantes, leur préférant celles qui apportent une satisfaction intellectuelle et enseignent des choses, provoquant curiosité et pensée créative. C'est cette démarche qui m'a fait les nommer "choses à penser" (*Thinkthings*).

La série *Collection Mastermind* traite systématiquement d'une large gamme d'idées mathématiques, par le biais de nombreux jeux, problèmes, énigmes qui proviennent tant des meilleures énigmes de l'histoire des mathématiques que d'idées totalement originales.

Ce livre, *Arrangements, combinaisons et autres énigmes*, s'intéresse aux surfaces et aux relations de combinaisons. Les Chevaliers de la Table ronde vous mettent au défi de découvrir l'arrangement idoine des places. Le fameux puzzle tangram du Stomachion d'Archimède est une des énigmes de division les plus vieilles de l'histoire, et il ne s'agit là que d'exemples des différents problèmes proposés.

Nous avons cherché à rendre toutes ces énigmes compréhensibles pour n'importe qui, même si certaines des solutions peuvent demander un travail certain. C'est dans ce but que les idées sont présentées sous une forme nouvelle visuelle, hautement esthétique, ce qui facilite la perception des mathématiques sous-jacentes.

Plus encore aujourd'hui qu'hier, j'espère que ce livre reflétera mon enthousiasme et ma fascination pour les mathématiques et les fera partager au lecteur. Il combine amusements et défis intellectuels, pour que de nombreuses idées et concepts artistiques ou scientifiques présents dans la vie quotidienne puissent être compris et appréciés.

Certains des jeux sont conçus avec comme objectifs d'être faciles à comprendre et à tenter. Leur structure est telle qu'ils devraient titiller l'esprit, suggérer de nouvelles pensées et réflexions et ouvrir la voie à de nouveaux modes de pensée et d'expression créatives.

Malgré leur diversité, les sujets présentés offrent une continuité sous-jacente. Chaque "chose à penser" peut être abordée isolément (même si elle est en réalité apparentée à de nombreuses autres), si bien que vous pouvez parcourir ce livre à votre guise sans vous préoccuper de références croisées.

J'espère que vous allez éprouver autant de plaisir avec la série *Collection Mastermind* et les choses à penser que j'en ai eu à les concevoir pour vous !

Ivan Moscovich

Combien existe-t-il de manières de résoudre un problème ? Parfois, il suffit de compter. En d'autres cas, il faut un peu de patience. Comment allez-vous vous débrouiller avec les problèmes suivants ?

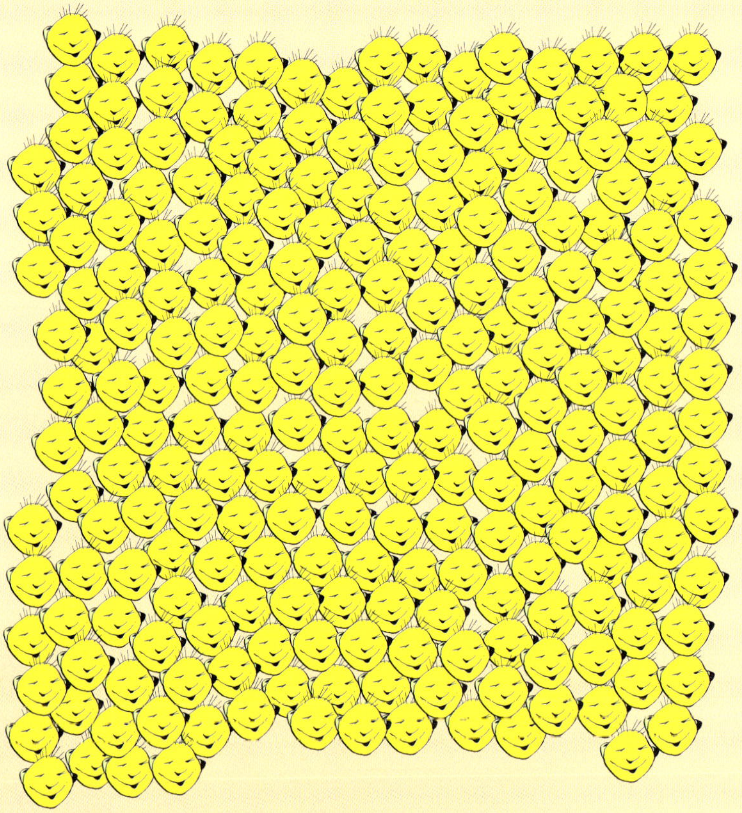

◀ IDENTIFICATION

Combien vous faudra-t-il de temps pour dénicher le visage triste?

RÉPONSE PAGE 98

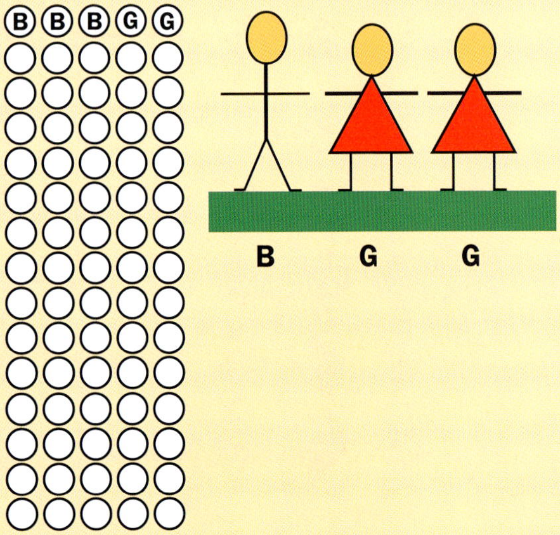

◀ GARÇONS ET FILLES EN LIGNE

De combien de façons différentes pouvez-vous aligner cinq enfants, selon n'importe quelle combinaison de garçons et de filles, de façon à ce que chaque fille soit à côté d'au moins une autre fille ?

RÉPONSE PAGE 98

▲ **MOTIFS DE MOSAÏQUE**

Pouvez-vous définir le nombre de formes élémentaires nécessaires à la réalisation de chacun de ces motifs de carrelage ?

RÉPONSE PAGE 98

Un ordre fondamental s'impose dans des situations quotidiennes. Par exemple, qui joue le premier ou quelle énigme allons-nous d'abord tenter de résoudre ?

▲ **BOWLING**

L'équipe de bowling est composée de six joueurs. L'entraîneur doit choisir un groupe ordonné de quatre joueurs.

Combien de possibilités s'offrent à lui ?

RÉPONSE PAGE 98

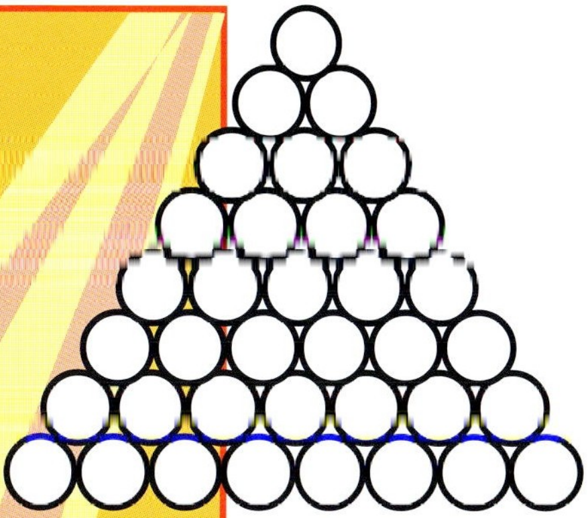

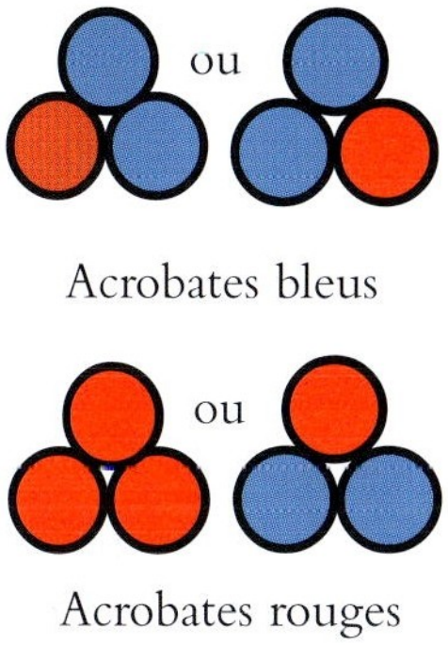

▲ ACROBATES

ÉNIGME 1

La pyramide humaine créée par les 36 acrobates ci-dessus (21 en bleu et 15 en rouge) nécessite force, préparation et concentration. En outre, en raison des superstitions fréquentes dans le monde du cirque, la pyramide doit répondre aux exigences suivantes :

1) La ligne de base doit être composée de quatre acrobates rouges et de quatre acrobates bleus.

2) Tout acrobate bleu doit être juché sur un acrobate bleu et un acrobate rouge.

3) Les acrobates rouges doivent être juchés sur deux acrobates bleus ou deux acrobates rouges.

Pouvez-vous réarranger la pyramide afin de respecter ces exigences ?

ÉNIGME 2

Imaginez maintenant une pyramide bien plus grande, dont la base comprendrait 20 acrobates.

Sans papier ni crayon, pouvez-vous trouver un moyen de déterminer le nombre total d'acrobates de cette pyramide ?

RÉPONSE PAGE 98

Trouver des solutions à des problèmes urgents peut nous conduire à de fascinantes découvertes sur le monde qui nous entoure. Archimède n'aurait probablement jamais imaginé qu'un bain puisse se révéler si fécond.

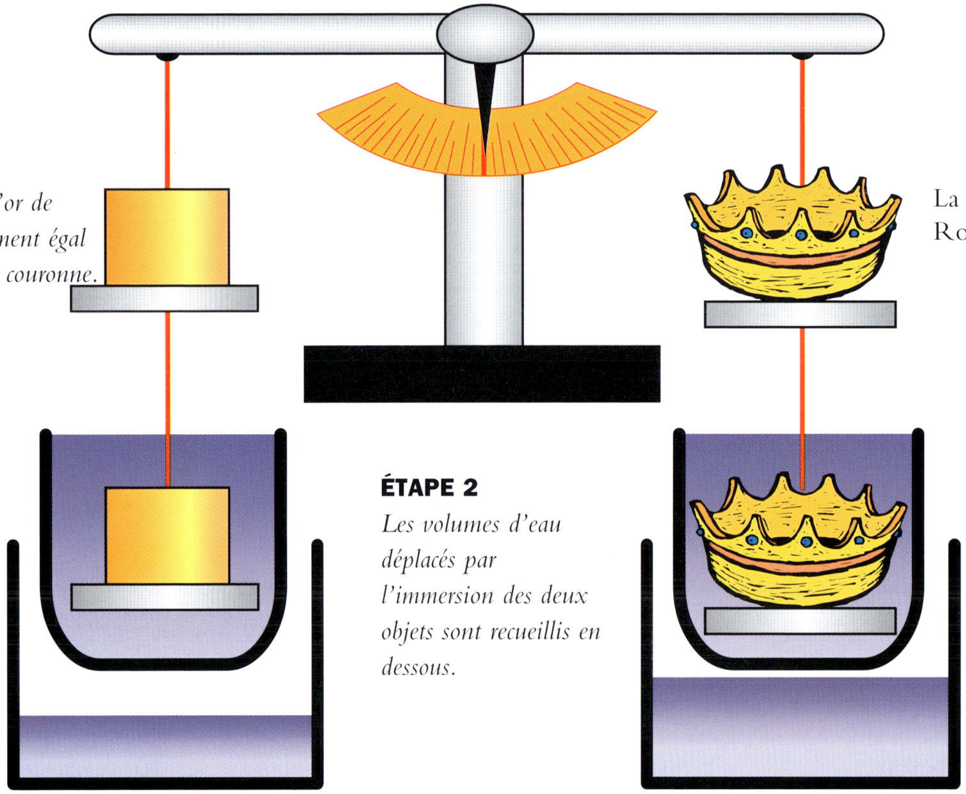

▲ POUSSÉE D'ARCHIMÈDE

Le mathématicien sicilien Archimède (287–212 av J-C.) est, lors de la découverte du principe de l'hydrostatique, sorti nu de son bain, courant et criant "Eurêka" ("J'ai trouvé").

Cela s'était produit alors qu'il réfléchissait à un problème dans lequel il supposait que la nouvelle couronne commandée par le roi Hiéron II de Syracuse n'était pas composée d'or pur, mais d'un alliage impliquant d'autres métaux. Il résolut le problème sans faire fondre la couronne, en découvrant le principe qui porte son nom :

Il est possible de déterminer la densité d'un objet (O) en comparant son poids à celui de l'eau déplacée lorsqu'il est placé dans un récipient… comme une baignoire.

Le poids de l'eau, de volume identique à "O", est nommé flottabilité de O, et le rapport entre le poids de "O" et celui de l'eau déplacée est nommé "gravité spécifique" de O.

Étape 1 : le lingot d'or pèse exactement autant que la couronne à l'authenticité douteuse.

Étape 2 : la même procédure de pesée est effectuée avec les deux objets immergés dans l'eau, et le volume d'eau déplacé est mesuré, comme dans l'illustration.

Quelle conclusion Archimède a-t-il tiré de cette expérience, et quelle est la vôtre ?

RÉPONSE PAGE 99

▼ ÉQUILIBRE ET FLOTTABILITÉ

En haut : *la balance est en équilibre. Sur un côté est suspendu un récipient plein d'eau et sur l'autre un poids.*

En bas : *le poids est placé dans le récipient jusqu'à être totalement immergé dans l'eau.*

Le côté droit devient bien évidemment plus léger. Mais quel poids devez-vous ajouter à droite pour rétablir l'équilibre ?

RÉPONSE PAGE 99

ÉTAPE 1

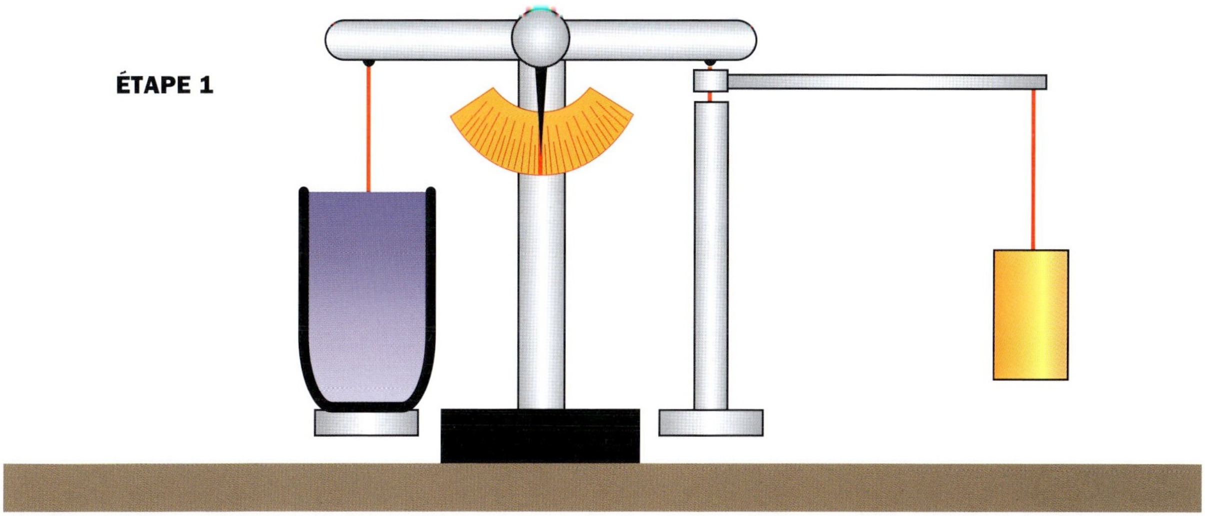

ÉTAPE 2

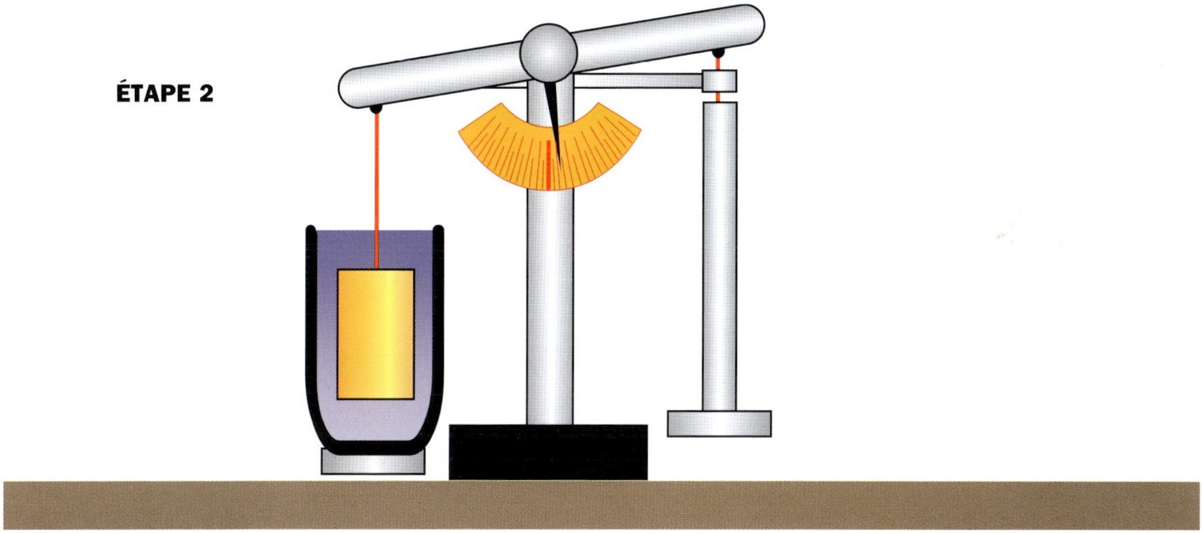

Si, dans votre enfance, vous avez joué avec un kaléidoscope, vous vous souvenez probablement de l'émerveillement créé par le mélange des couleurs et les motifs formés. Avez-vous toutefois été capable de reproduire deux fois le même motif ? Voici une nouvelle chance !

◀ MOTIFS APPARIÉS

Combien de temps vous faudra-t-il pour apparier les 30 carreaux de cette page avec leurs jumeaux de la page opposée ?

RÉPONSE PAGE 99

1

2

3

4

5

6

7

8

9

10

11

12

13

14

15

16

17

18

19

20

21

22

23

24

25

26

27

28

29

30

1	2	3	4	5
6	7	8	9	10
11	12	13	14	15
16	17	18	19	20
21	22	23	24	25
26	27	28	29	30

Nous employons des mathématiques simples lors de notre vie quotidienne. Par exemple, nous comptons et énumérons les objets acquis lors de courses. Il serait toutefois intéressant de pouvoir à l'avance établir des probabilités... Lisez donc ce qui suit !

GÉOMÉTRIE COMBINATOIRE
Combinaisons et permutations — le dénombrement facile

Une des branches des mathématiques modernes est l'analyse combinatoire, dont le nom vient de ce qu'elle porte sur l'étude des combinaisons de nombres et d'objets.

La théorie informatique et de nombreuses situations quotidiennes dépendent des principes de l'analyse combinatoire, essentiellement les combinaisons et les permutations. Le nombre d'arrangements possibles d'un système peut paraître faible de prime abord, mais les possibilités croissent rapidement avec le nombre d'éléments et deviennent bientôt immenses.

Le premier cas ne pourrait être plus simple :

Un unique objet ne peut être arrangé que d'une façon. 

Deux objets (nommons-les a et b) peuvent être arrangés comme ab ou ba, soit un total de deux permutations.

Trois objets (a, b et c) peuvent être arrangés de six façons :

abc, acb, bac, bca, cab, cba.

Dans un cas général à n objets, vous pouvez trouver les permutations en prenant un à un les objets. Le premier objet peut se trouver à n'importe laquelle des n positions possibles, Le deuxième peut se trouver à n'importe laquelle des $n - 1$ places possibles (puisqu'il ne peut occuper la place du premier objet). Pour chacune de ces $n \times (n - 1)$ permutations, le troisième objet peut occuper n'importe quelle place parmi $n - 2$, et ainsi de suite.

De façon générale, un système à n objets possède n fois le nombre de permutations d'un système à $n - 1$ objets. Par exemple, un système à quatre objets possède quatre fois plus de permutations possibles qu'un système à trois objets : 24 permutations. Il y a 5 x 24, soit 120, arrangements possibles de cinq objets et 6 x 120, ou 720, façons d'arranger six objets. Ces nombres sont nommés factoriels et sont exprimés à l'aide d'un point d'exclamation, comme dans 6!, ou factoriel six, qui est égal à 720.

La formule générale du nombre total d'arrangements ou permutations de n objets est donc :

$$P = n! = n \times (n - 1) \times (n - 2) \times (n - 3) \times \ldots \times 3 \times 2 \times 1$$

Ce nombre devient très rapidement de très grande taille.

Dans certains cas, vous ne vous préoccupez pas de l'ordre mais simplement des permutations de n objets pris à raison de k à la fois. Les mathématiques sont ici un peu plus complexes. Imaginez que vous vouliez savoir combien il est possible de créer de groupes ordonnés de trois éléments parmi cinq différents (comme des couleurs, des lettres ou n'importe quoi).

"De la recherche ? C'est ce que je fais lorsque je ne sais pas ce que je fais"
Werner von Braun

Géométrie combinatoire (suite)

Vous calculeriez alors :

$$_nP_k = \frac{n!}{(n-k)!} = \frac{5!}{(5-3)!} = \frac{5 \times 4 \times 3 \times 2 \times 1}{2 \times 1} = \frac{120}{2} = 60$$

Vous ne vous préoccupez parfois pas de l'ordre des choses (les permutations), mais uniquement des combinaisons qui peuvent être obtenues à partir de l'échantillon concerné. Une combinaison est un ensemble d'objets choisis dans un groupe donné sans que l'ordre des objets dans cet ensemble n'ait d'importance.

La formule générale de calcul du nombre total de combinaisons est :

$$_nC_k = \frac{n!}{k!(n-k)!} = \frac{5!}{3!(5-3)!} = \frac{5 \times 4 \times 3 \times 2 \times 1}{(3 \times 2 \times 1) \times (2 \times 1)} = \frac{120}{12} = 10$$

Nous avons considéré jusque-là des objets tous différents. Il peut parfois se trouver un certain nombre d'objets identiques, comme des sablés (a), des tuiles aux amandes (b), des macarons (c), etc. Dans ce cas, le nombre de permutations est déterminé par la formule suivante :

$$P_{a,b,c} = \frac{n!}{a!b!c!}$$

La plupart des probabilités des jeux et énigmes peuvent être déterminées en dénombrant les possibilités totales ainsi que les résultats qui présentent les propriétés souhaitées. Le rapport entre ces deux nombres donne la probabilité. Les formules de calcul de permutations et de combinaisons facilitent et abrègent le comptage. Les valeurs du nombre de combinaisons de n éléments pris à raison de k à la fois peuvent être obtenues d'après le célèbre triangle de Pascal.

Les problèmes combinatoires ont attiré les mathématiciens depuis l'antiquité. Les carrés magiques sont mentionnés dans le I Ching, un livre chinois du 12e siècle avant Jésus-Christ. Le triangle de Pascal était enseigné (mais pas sous ce nom) dans la Perse du 13e siècle.

En Europe, l'analyse combinatoire a débuté au 17e siècle avec Blaise Pascal et Pierre de Fermat, en liaison avec leur développement de la théorie de la probabilité et s'est poursuivie par la suite avec les travaux de Gottfried Wilhelm Leibniz. Leonhard Euler est le principal auteur du développement des mathématiques combinatoires au 18e siècle. Il devint le père de la théorie des graphiques lors de la résolution du problème du pont de Königsberg.

De nombreux problèmes d'analyse combinatoire sont apparus au 19e siècle comme énigmes récréatives (le problème des huit reines, celui des écolières de Kirkman). Parmi les premiers ouvrages sur l'analyse combinatoire figure Combinatory Analysis de Percy MacMahon (1915).

Les choix sont omniprésents dans la vie quotidienne. Que vous alliez dîner dans un restaurant ou tentiez de gagner gros à la loterie, vous devez réfléchir un peu avant de prendre une décision cruciale.

▲ **MENU À TROIS PLATS**

Combien de menus différents de trois plats pourriez-vous choisir ?

RÉPONSE PAGE 99

▼ LOTO

Dans un jeu de loto traditionnel, un joueur doit choisir six nombres compris entre 1 et 54. L'ordre des nombres n'a pas d'importance.

Parmi combien de possibilités un joueur doit-il faire son choix ?

RÉPONSE PAGE 99

Il est rassurant de savoir que même le roi Arthur a pu rencontrer des problèmes pour faire asseoir ses chevaliers autour de la célèbre Table ronde selon une combinaison différente à chaque séance. Estimez-vous chanceux s'il ne faut placer que six convives !

▲ TABLE RONDE

Quel est le nombre de façons différentes de placer autour d'une table ronde trois couples mariés, en faisant alterner hommes et femmes mais de telle façon qu'aucun homme ne soit assis à côté de son épouse ?

RÉPONSE PAGE **100**

▲ CHEVALIERS DE LA TABLE RONDE

Il existe 21 façons différentes d'asseoir huit chevaliers autour de la table ronde de sorte qu'aucun d'entre eux n'ait plus d'une fois les mêmes deux voisins.

Un des arrangements est montré, avec les chevaliers numérotés de 1 à 8.

Ce n'est pas un problème combinatoire simple. À vous d'essayer de trouver autant des 21 arrangements différents que possible.

RÉPONSE PAGE 100

Arranger les choses comme vous les aimez peut être une tâche ardue. Un don du ciel fait parfois que tout s'organise bien du premier coup, mais il faut souvent réfléchir pour résoudre le problème.

▲ CARROUSELS D'ANIMAUX

Onze animaux sont répartis sur le manège extérieur. Pouvez-vous répartir les mêmes animaux dans le manège intérieur de façon à ce que, quelle que soit sa rotation ou même son inversion, seuls deux animaux identiques se trouvent sur un même rayon, tous les autres étant différents ?

RÉPONSE PAGE 100

◀ CORNETS DE GLACE

Vous commandez un cornet à trois boules aux parfums framboise, vanille et melon. Quelle est la probabilité de voir les boules placées dans l'ordre où vous préférez les manger, du haut vers le bas ?

RÉPONSES PAGE 100

Un principe est une règle standard qui décrit une loi fondamentale ou le comportement d'un système. Essayez de déterminer les principes sous-jacents aux problèmes suivants.

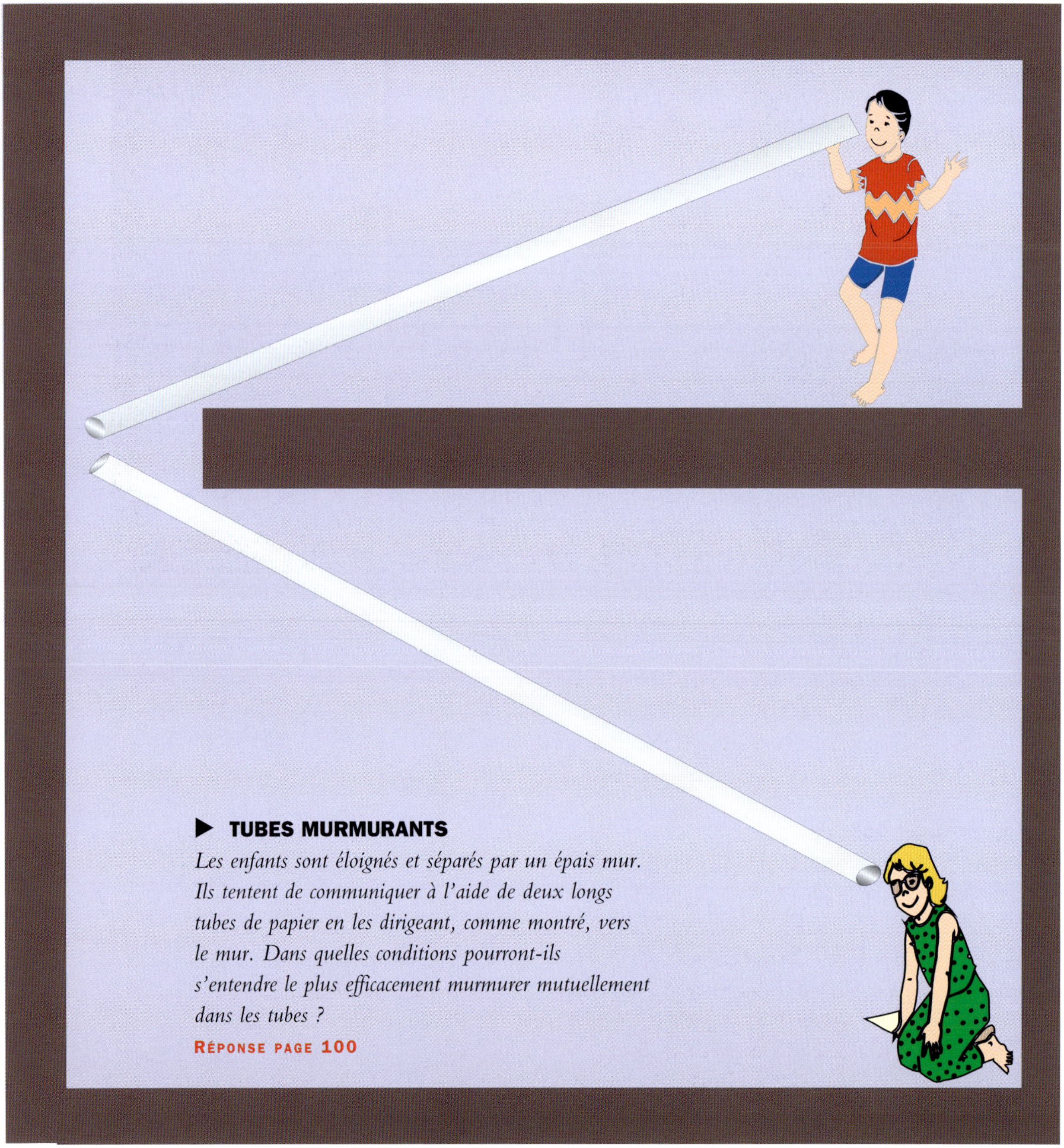

▶ TUBES MURMURANTS

Les enfants sont éloignés et séparés par un épais mur. Ils tentent de communiquer à l'aide de deux longs tubes de papier en les dirigeant, comme montré, vers le mur. Dans quelles conditions pourront-ils s'entendre le plus efficacement murmurer mutuellement dans les tubes ?

RÉPONSE PAGE 100

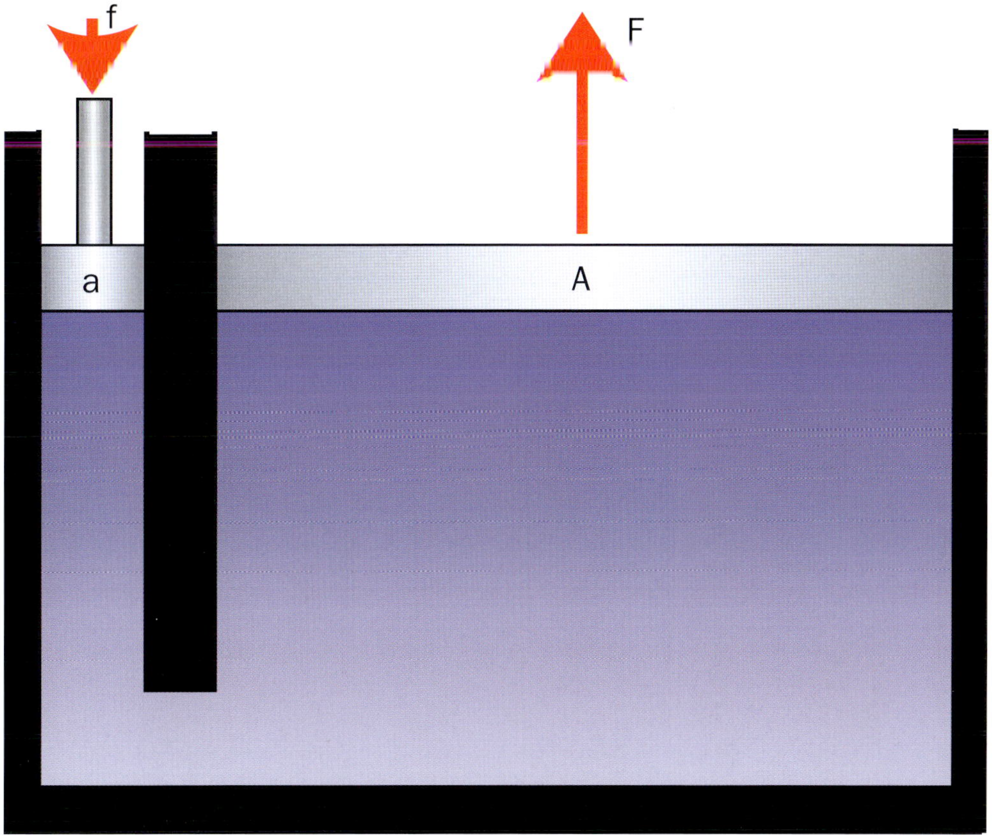

$$\frac{f}{a} = \frac{F}{A}$$

$$\text{or } F = \frac{f \times A}{a}$$

▲ PRINCIPE DE PASCAL

Le modèle de démonstration montre le principe de fonctionnement d'une presse hydraulique et permet de comprendre son intérêt mécanique. Il se compose de deux cylindres avec un piston dans chaque cylindre.

Lorsqu'un liquide est placé dans un récipient fermé, toute modification de pression appliquée en un point du liquide est transmise sans modification à tous les points du liquide. Cette conclusion a été obtenue il y a plus de 300 ans par le philosophe français Blaise Pascal. Tous les dispositifs employés pour pomper des liquides d'un endroit à un autre exploitent ce principe.

Des appareils comme les ascenseurs hydrauliques, les presses, les marteaux-piqueurs ainsi que les systèmes hydrauliques de freinage sont autant d'exemples du principe de Pascal.

Les dimensions du modèle sont les suivantes :

Surface du petit cylindre : 3 cm²

Surface du grand cylindre : 21 cm²

Le gain mécanique est 21 ÷ 3 = 7

Pouvez-vous deviner quelle force doit être appliquée au petit piston pour soulever le gros piston d'une unité de distance ?

RÉPONSE PAGE 101

Nous rencontrons tous les jours des polygones réguliers : sur les panneaux de signalisation, les papiers peints ou les carrelages. Regardez autour de vous pour voir combien de formations polygonales complexes vous pouvez identifier : probablement plus que vous ne le pensez.

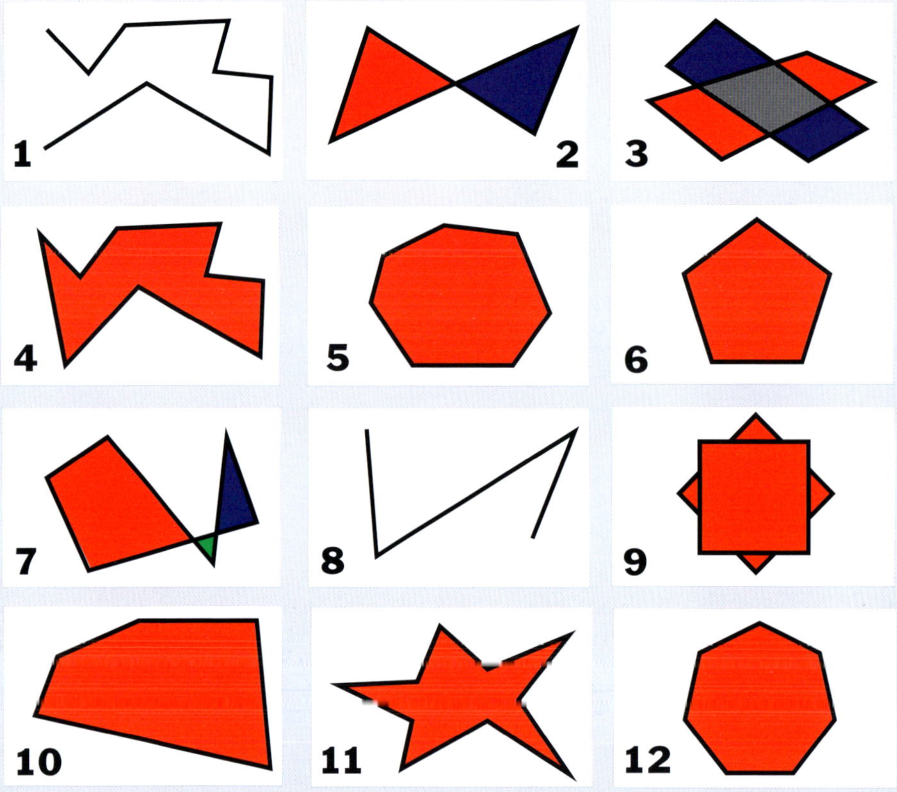

▲ POLYGONES ET LIGNES

Un polygone est dit régulier s'il possède les deux propriétés suivantes :

1) Tous ses côtés sont égaux.

2) Tous ses angles sont égaux.

Un cercle peut être considéré comme un polygone régulier possédant un nombre infini de côtés.

Un polygone ouvert est un polygone dont le dernier côté ne finit pas là où commence le premier.

Un polygone fermé est un polygone dont le dernier côté finit là où commence le premier.

Un polygone simple est un polygone fermé dont aucun côté n'en croise un autre.

Un polygone simple divise un plan en deux parties, une intérieure et une extérieure.

Dans un polygone complexe, deux côtés ou plus se croisent, divisant le plan en plus de deux parties.

Un polygone composé comprend plusieurs polygones superposés.

Un polygone convexe peut être identifié en prenant deux points quelconques à l'intérieur. Si le segment entre ces deux points est toujours à l'intérieur de la forme, le polygone est convexe.

Parmi les polygones présentés ci-dessus, pouvez-vous dire lesquels sont réguliers, ouverts, fermés, simples, complexes, composés, convexes et non convexes ?

RÉPONSE PAGE 101

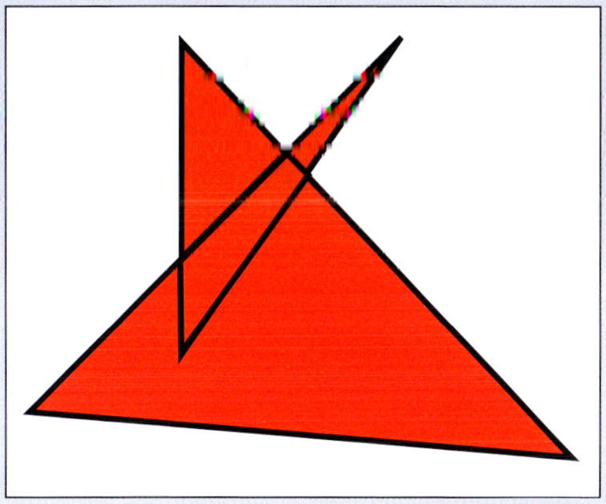

◀ POLYGONES CROISÉS

Ceci est un polygone croisé fermé à cinq côtés.

Remarque : une ou plusieurs des énigmes ci-dessous peut être impossible.

Problème 1 *Pouvez-vous dessiner un polygone fermé à six côtés dont chaque côté coupe exactement un autre côté (ailleurs qu'en un coin) ?*

Problème 2 *Comme précédemment, mais de façon à ce que chaque côté coupe exactement deux autres côtés.*

Problème 3 *Pouvez-vous dessiner un polygone fermé à sept côtés dont chaque côté coupe exactement un autre côté ?*

Problème 4 *Comme précédemment, mais de façon à ce que chaque côté coupe exactement deux autres côtés.*

RÉPONSE PAGE 101

Un cercle peut être considéré comme un polygone avec un nombre infini de côtés La combinaison de deux cercles ou plus peut créer des résultats polygonaux fascinants.

▼ INTERSECTIONS

Vous voyez trois ensembles de trois cercles se recoupant.

Pouvez-vous trouver les points d'intersection des cordes communes, les relier et dire quel polygone est obtenu ?

RÉPONSE PAGE 101

LE SAVIEZ-VOUS ?

Une corde est une ligne droite reliant deux points d'un cercle (ou, de façon plus générale, d'une courbe quelconque). Deux cercles se recoupant possèdent une corde commune.

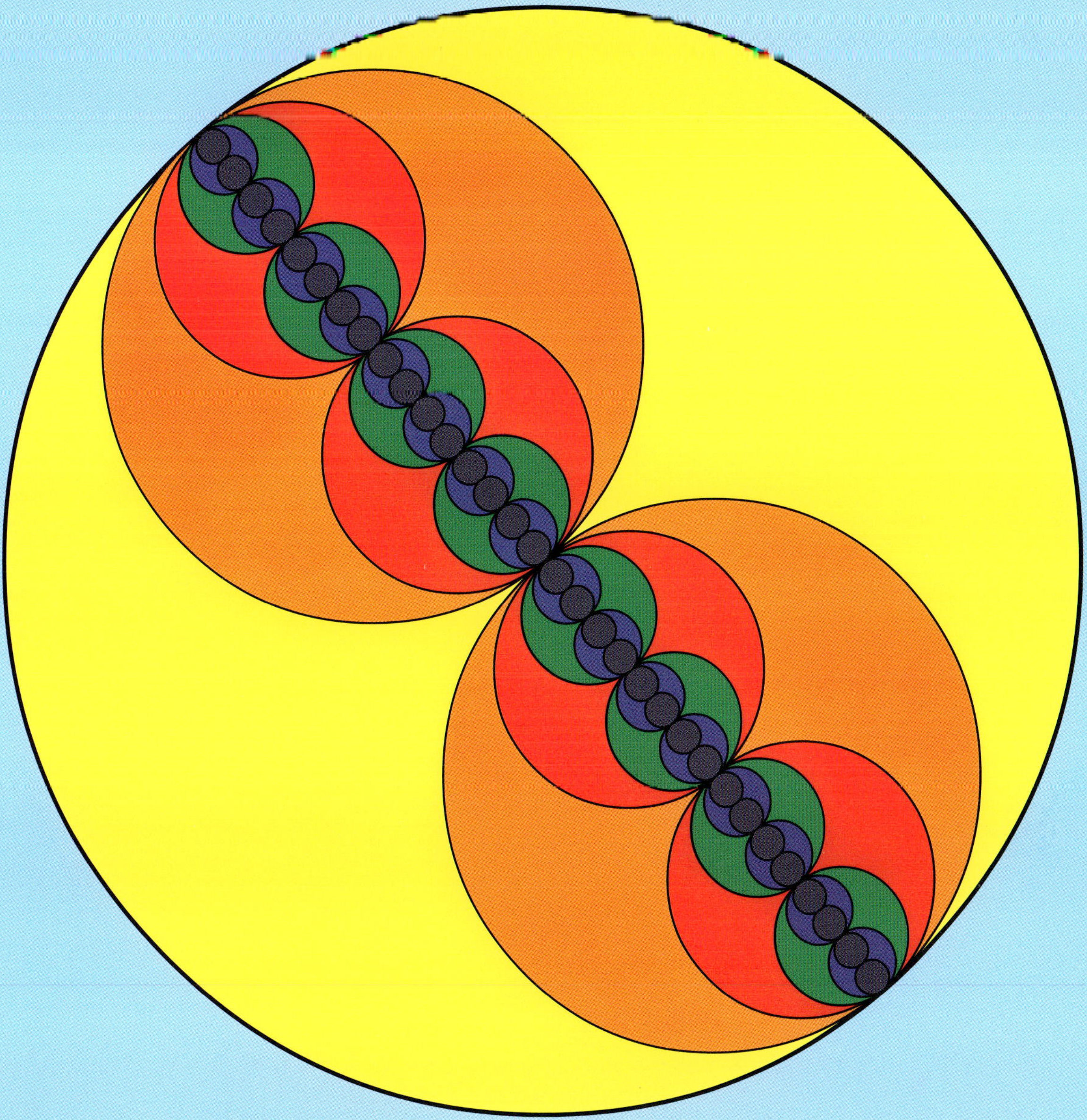

▲ CERCLES À L'INFINI

La progression des cercles à l'intérieur du cercle va jusqu'à l'infini.

Pouvez-vous définir la relation entre la surface totale du grand cercle jaune, de rayon 1, et la surface totale des cinq ensembles de cercles colorés situés à l'intérieur ?

RÉPONSE PAGE 102

L'imagination est un élément clé de l'esprit d'un mathématicien. Sans vision créative, nous aurions pu ne jamais disposer de certaines des plus grandes inventions – ou énigmes passionantes – que présente ce livre.

◀ TRANSPARENCE

Imaginez que chacun de ces motifs ait été imprimé sur un film transparent (les carrés blancs sont donc transparents). Pouvez-vous reconstruire mentalement le motif obtenu en superposant exactement les trois films ?

RÉPONSE PAGE 102

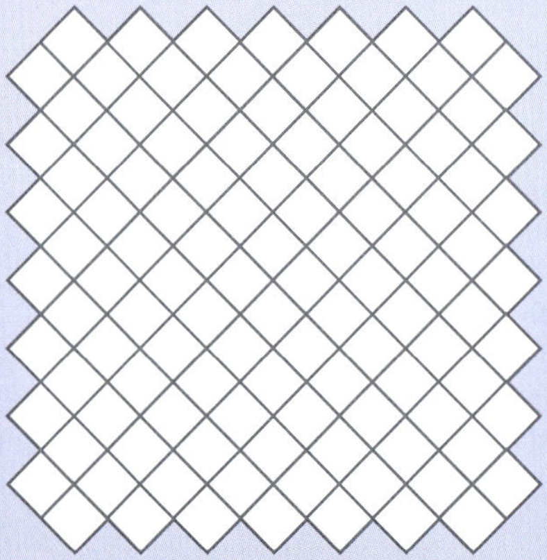

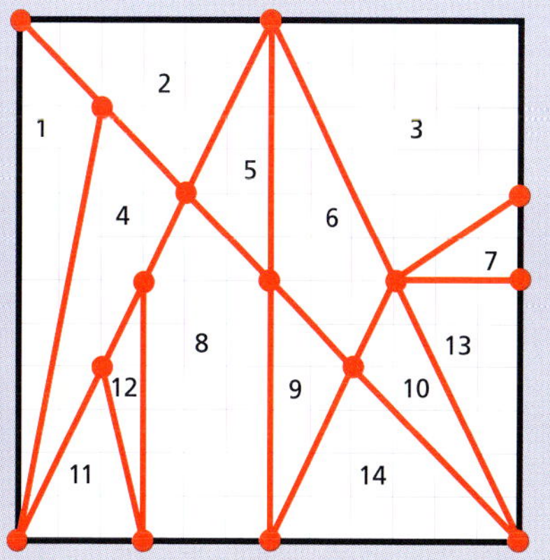

1	2	3	4	5	6	7	8	9	10	11	12	13	14

▲ STOMACHION D'ARCHIMÈDE

Cette magnifique énigme de décomposition, similaire aux tangrams et attribuée à Archimède d'après un manuscrit grec du Xe siècle, est nommée Stomachion ou "boîte d'Archimède".

L'énigme se compose de 14 morceaux formant un carré de 12 par 12. Comme pour un tangram, le but du jeu est de réarranger les pièces pour obtenir des motifs abstraits ou figuratifs.

Dans le manuscrit grec, les aires des pièces du Stomachion sont définies. Pouvez-vous calculer la surface des 14 pièces du Stomachion ?

Vous pouvez copier et découper les 14 pièces colorées (en haut à gauche) pour créer des figures.

En haut à droite est représentée la structure du puzzle avec ses sommets matérialisés sur un quadrillage de 12 par 12.

RÉPONSE PAGE 102

Une étoile, comme toute autre forme, peut être régulière ou irrégulière. Les étoiles d'un ciel nocturne peuvent être de forme et de taille irrégulière, même si nous préférons les voir comme des objets brillants parfaits et réguliers.

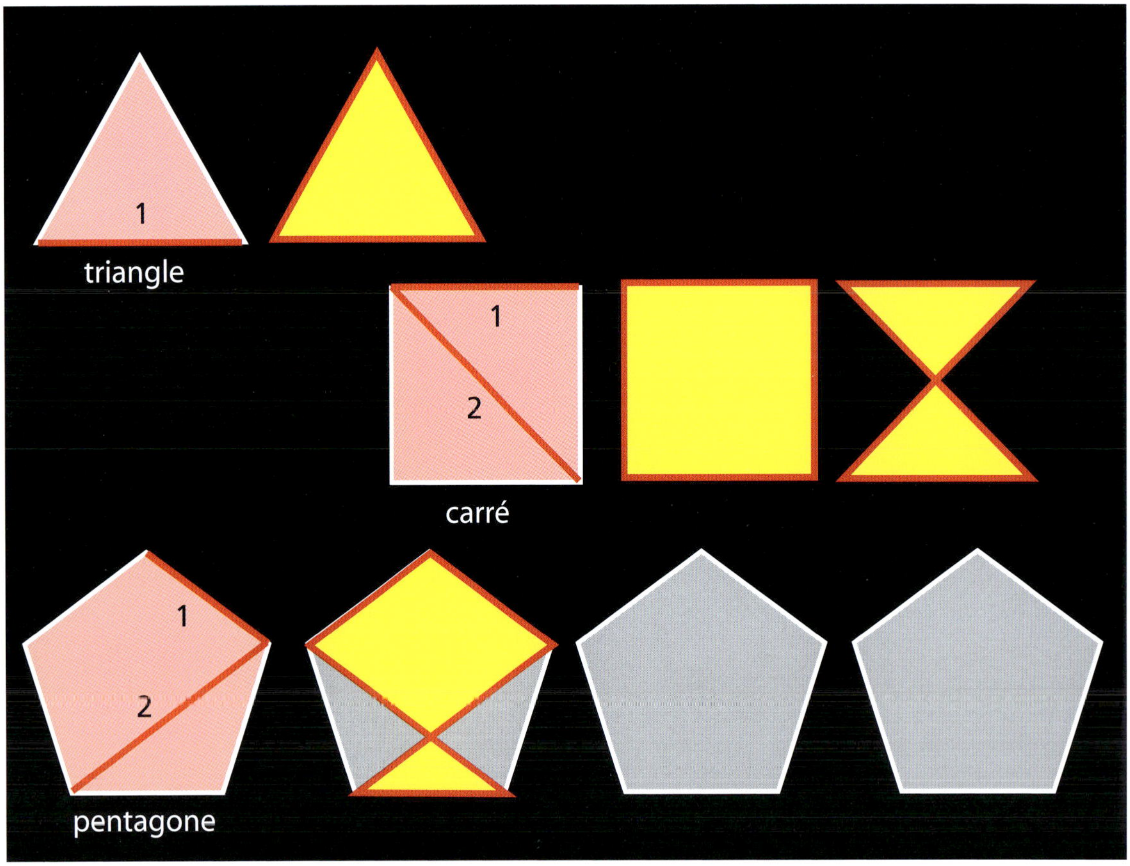

▲ TRANSFORMATION DE POLYGONE EN ÉTOILE 1

Les règles de transformations qui illustrent les relations entre des motifs d'étoiles irrégulières et leurs polygones réguliers sont les suivantes :

Tracez depuis n'importe quel point d'un polygone une ligne continue qui touche une fois chaque point du polygone avant de revenir au point de départ, pour créer un motif symétrique comme ceux montrés ci-dessus.

Les lignes qui peuvent être employées pour créer une étoile sont indiquées en rouge. Le triangle est unique et ne possède aucune autre transformation. Pour les autres polygones, des transformations différentes permettent de créer des motifs d'étoile. Par exemple, le carré possède deux transformations différentes. Le nombre de transformations possibles augmente rapidement avec les autres polygones.

Les rotations et les images miroir des motifs ne sont pas considérées comme différentes.

Combien de transformations symétriques différentes possibles pouvez-vous trouver pour le pentagone régulier ?

Indice : il y a trois étoiles pentagonales irrégulières symétriques différentes, dont une est montrée. Saurez-vous trouver les autres ?

RÉPONSE PAGE 102

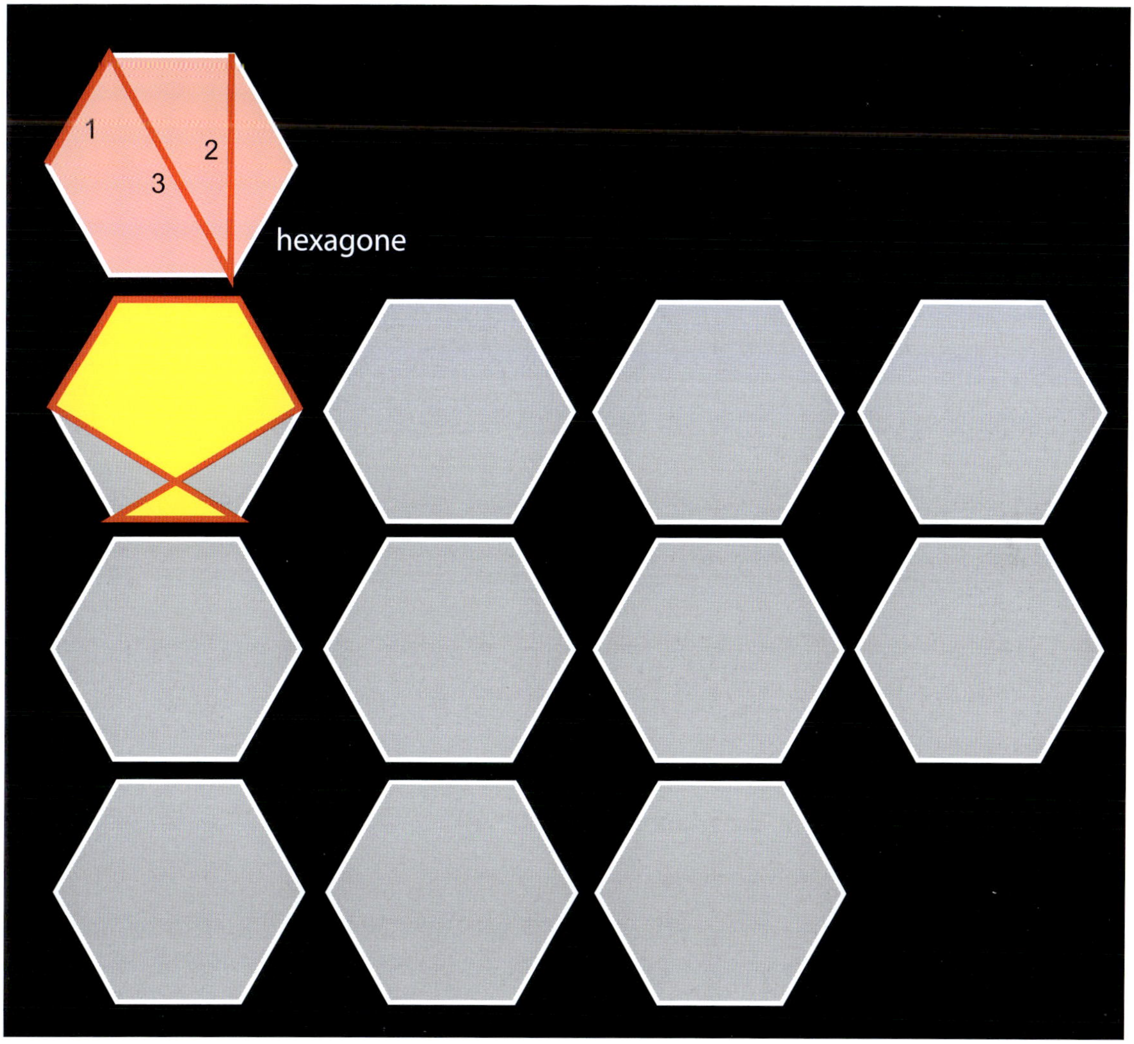

▲ TRANSFORMATION DE POLYGONE EN ÉTOILE 2

Selon les règles stipulées page 30, combien pouvez-vous trouver de transformations différentes possibles pour l'hexagone régulier ?

Indice : il existe onze étoiles hexagonales irrégulières symétriques, dont une est montrée. Saurez-vous trouver les autres ?

RÉPONSE PAGE 103

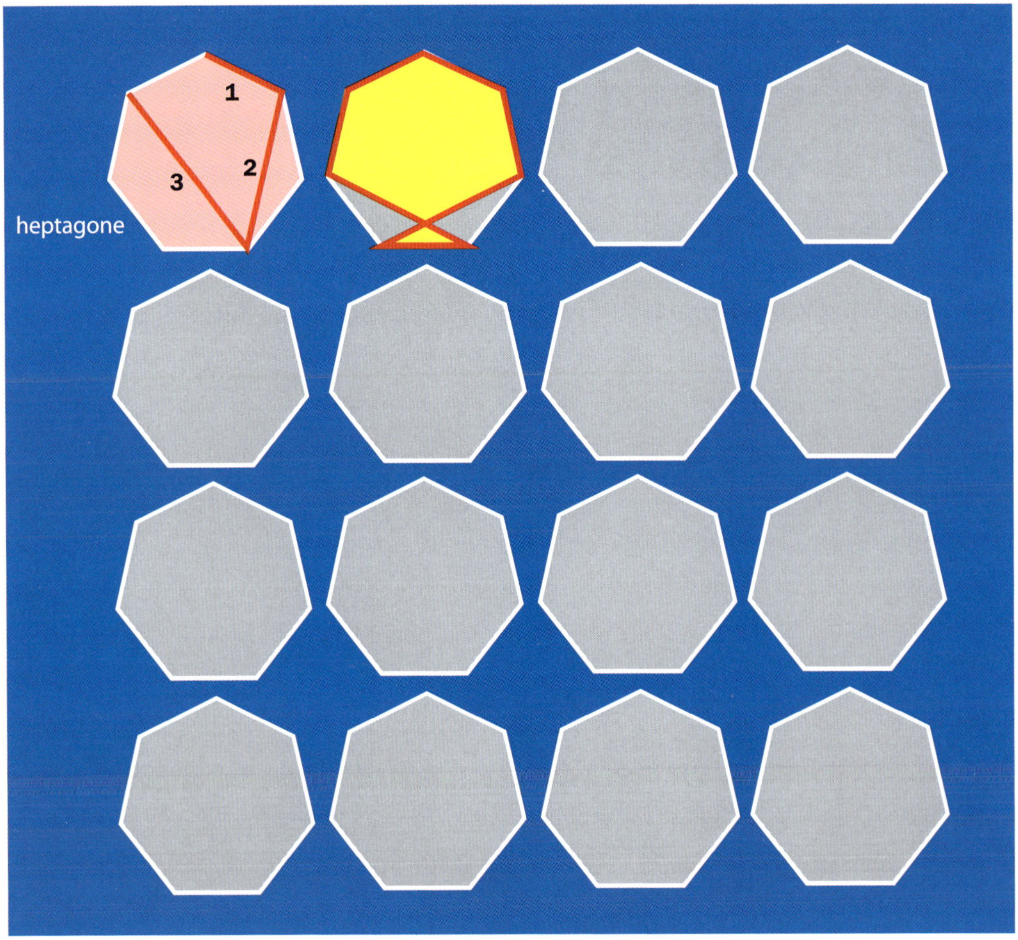

▲ TRANSFORMATION DE POLYGONE EN ÉTOILE 3

Selon les règles exposées page 30, combien de transformations possibles différentes peuvent être appliquées à l'heptagone régulier ?

Indice : il existe 23 étoiles heptagonales irrégulières symétriques, dont une est montrée. Saurez-vous en trouver au moins 14 autres ?

RÉPONSE PAGE 103

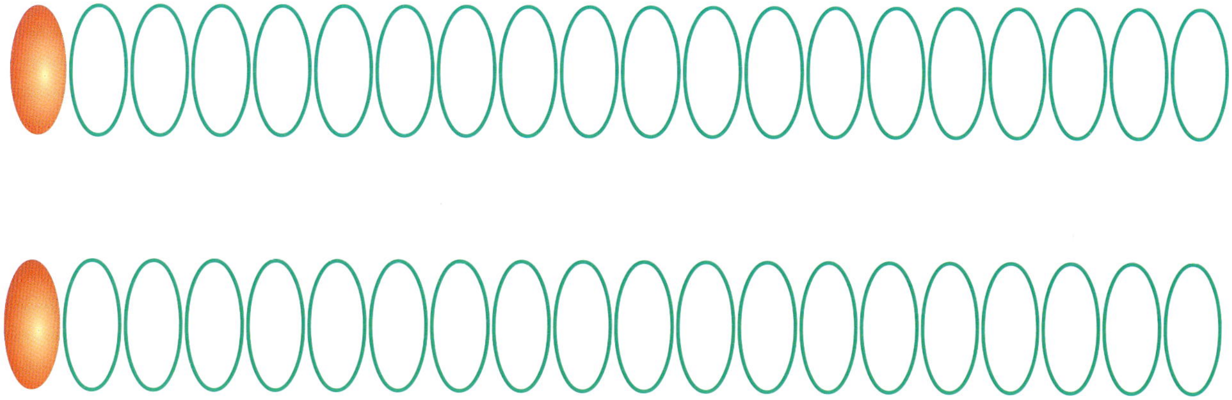

▲ CHAÎNES DE PERLES BICOLORES

Vous disposez d'un stock de dix perles de deux couleurs, rouges et bleues, arrangées en une chaîne débutant par une perle rouge.

Appelons "mot" tout groupe de perles consécutives d'une chaîne. La longueur d'un mot est son nombre de perles.

Un mot de longueur 2 est un couplet. Combien de couplets sont-ils possibles ?

Un mot de longueur 3 est un triplet. Combien de triplets sont-ils possibles ?

Un mot de longueur 4 est un quadruplet ; de longueur 5, un quintuplet ; et ainsi de suite. De façon générale, un mot de longueur "n" est nommé un n-tuplet.

Quelle peut être la longueur d'une chaîne à deux couleurs si chaque couplet n'y apparaît qu'une seule fois ?

Quelle peut être la longueur d'une chaîne à deux couleurs sans triplet dupliqué ?

RÉPONSE PAGE 104

Cela est peu connu, mais étoiles et arcs-en-ciel possèdent leur propre logique mathématique. La façon dont un arc-en-ciel apparaît à l'œil humain dépend de la géométrie de la réflexion. La distance des étoiles peut être calculée d'après le temps mis par leur lumière pour atteindre la Terre.

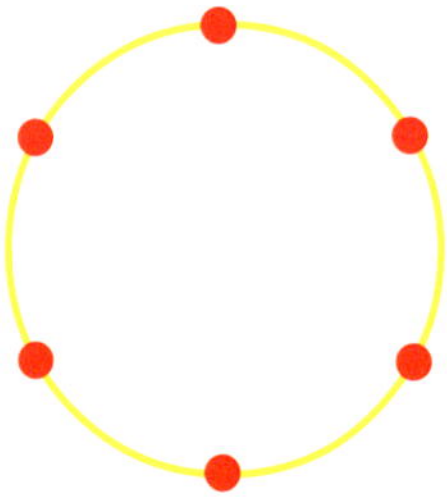

▲ ÉTOILES HEXAGONALES

Six points sont également répartis sur la circonférence d'un cercle. Ils sont interconnectés, selon les différentes façons possibles, par une ligne fermée créant une étoile hexagonale irrégulière, dont certains exemples sont montrés ci-dessus.

Pouvez-vous trouver l'intrus ?

RÉPONSE PAGE 104

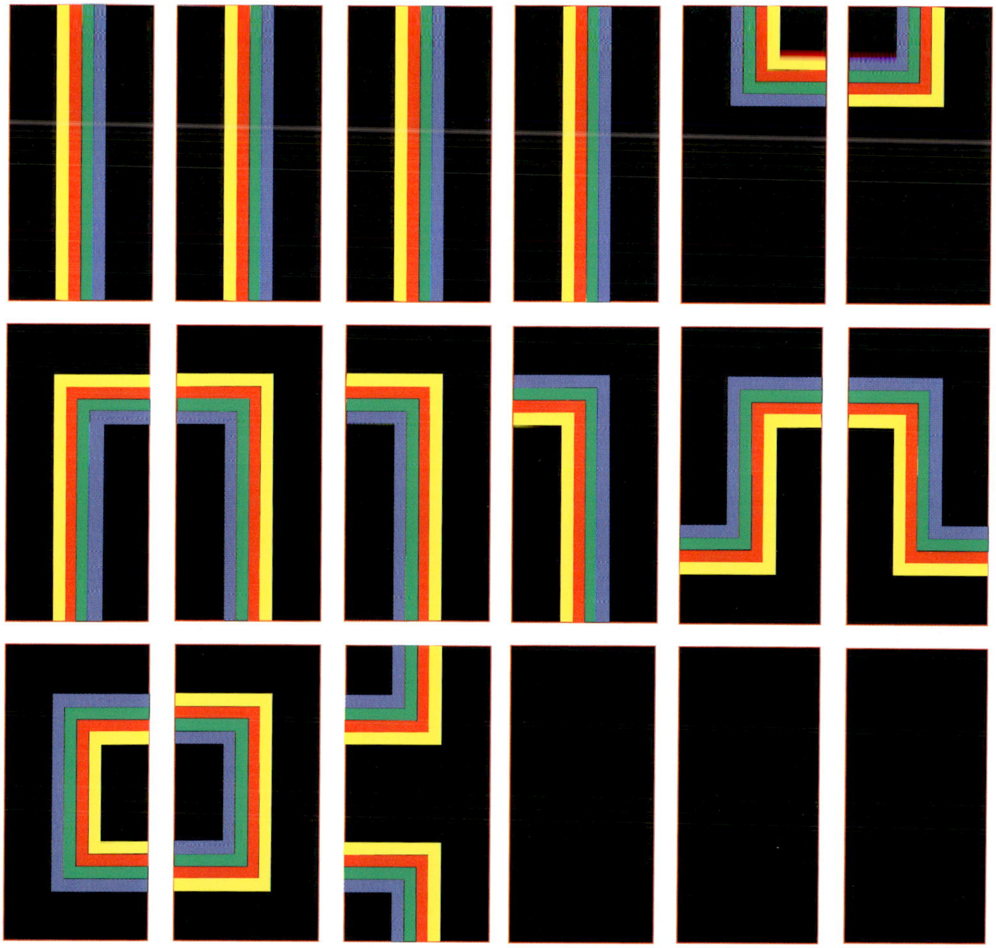

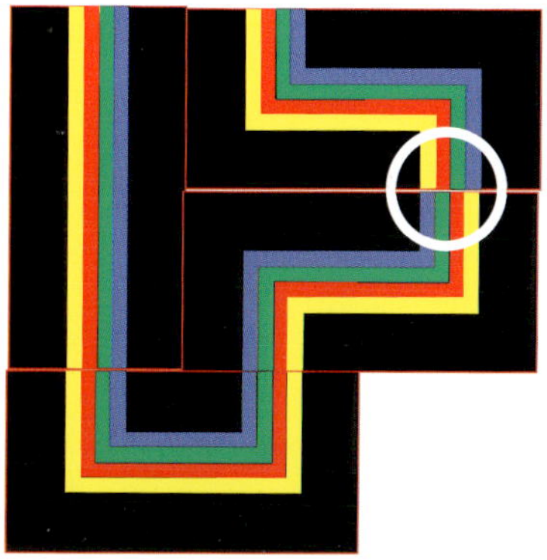

La zone entourée est incorrectement reliée.

▲ CHEMIN ARC-EN-CIEL

Copiez et découpez les 18 rectangles de 2 par 1 montrés ci-dessus.

Le but du jeu est de rassembler les rectangles en un carré de 6 par 6 afin de former un chemin continu de quatre couleurs.

RÉPONSE PAGE 104

Une machine qui réplique des motifs peut être employée pour fabriquer des tissus ou des tapis. Posséder un chandail avec une énigme dessus signifie que vous ne serez jamais sans rien à faire !

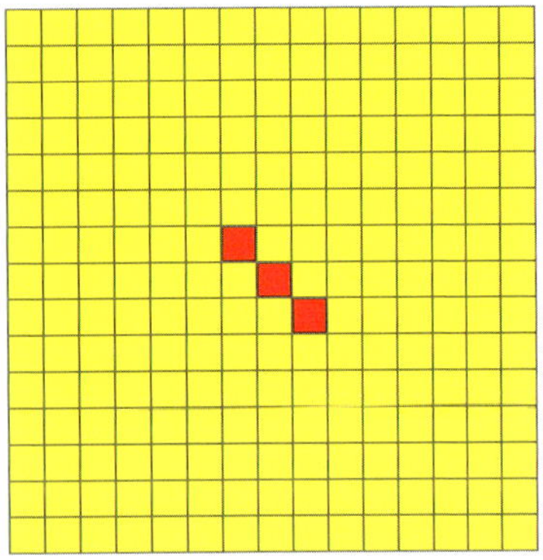

1

2

3

4

5

◀ AUTOMATE DE FREDKIN

L'automate cellulaire de Fredkin était une des premières machines auto-répliquantes. Le motif à répliquer est montré à sa position initiale. Chaque grille successive contient une nouvelle génération de cellules ajoutées ou supprimées d'après une règle simple :

Si le nombre de cellules rouges horizontalement ou verticalement adjacentes à la cellule est pair, la cellule est jaune dans la génération suivante. Si le nombre de cellules rouges adjacentes est impair, la cellule est rouge dans la nouvelle génération (cette règle est décrite visuellement ci-dessous).

Combien de générations seront-elles nécessaires avant d'avoir reproduit le motif ?

RÉPONSE PAGE 105

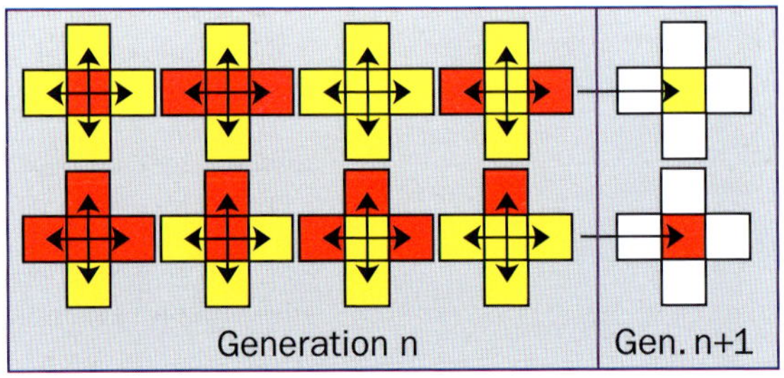

▲ **DEMI-NŒUD**

Le demi-nœud est le nœud le plus simple, ne comportant que trois croisements, comme montré ci-dessus à droite. Il est également connu comme nœud de pouce et sert de base à de nombreux autres nœuds.

Dans notre énigme, l'extrémité inférieure d'un demi-nœud passe deux fois de plus dans la boucle, comme montré. Le nœud se défera-t-il en tirant sur les deux extrémités de la corde ?

RÉPONSE PAGE 105

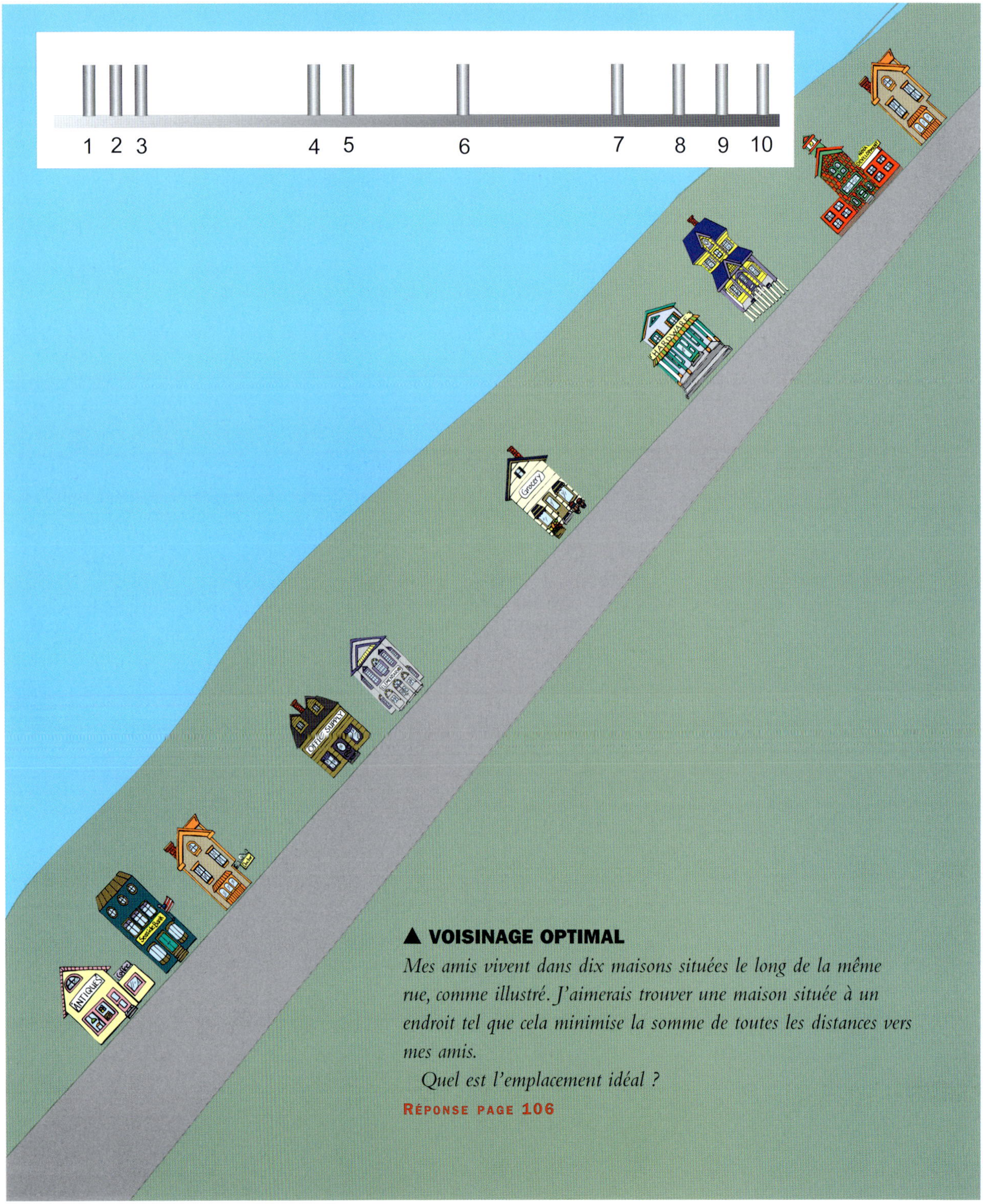

▲ VOISINAGE OPTIMAL

Mes amis vivent dans dix maisons situées le long de la même rue, comme illustré. J'aimerais trouver une maison située à un endroit tel que cela minimise la somme de toutes les distances vers mes amis.

Quel est l'emplacement idéal ?

RÉPONSE PAGE 106

Problème de Plateau

Les pellicules de savon peuvent servir à de magnifiques démonstrations de certaines lois mathématiques, car elles s'ajustent presque instantanément à des treillis métalliques pour former la surface minimale qui relie les éléments du treillis et possède la surface totale minimale. Une fois l'existence d'une solution prouvée par un modèle physique, il devient possible d'effectuer l'analyse extrêmement complexe qui porte le nom de problème de Plateau : trouver la surface de la zone la plus petite limitée par un contour donné dans l'espace.

Surfaces minimales d'un squelette de tétraèdre et de cube.

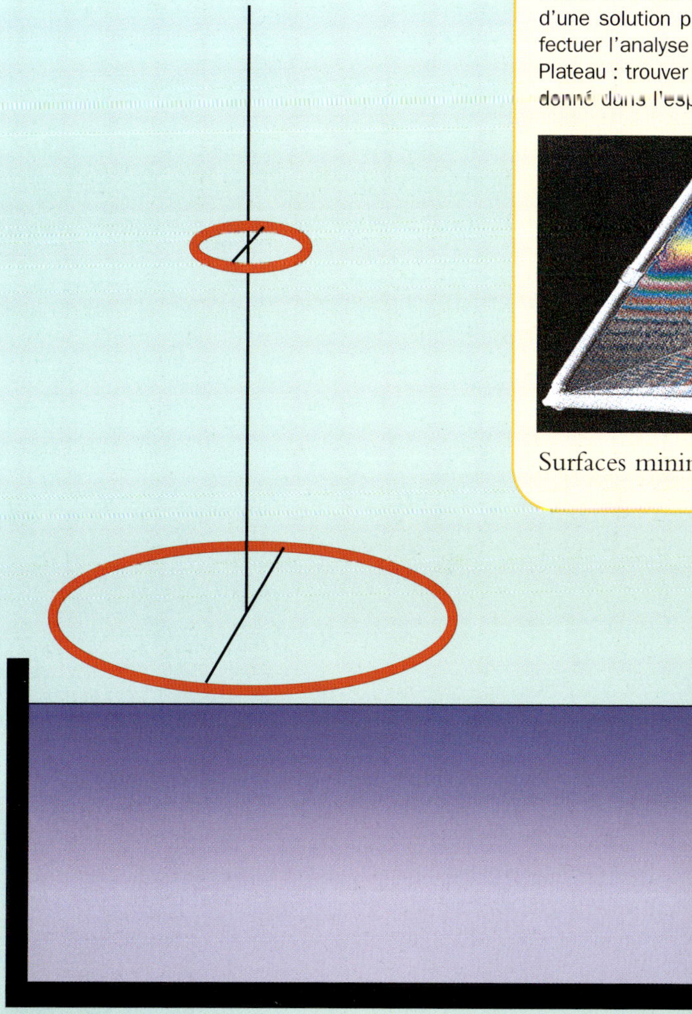

◀ ANNEAUX DE SAVON

Une structure en fil de fer est composée de deux anneaux circulaires parallèles reliés selon le même axe, comme illustré.

Pouvez-vous deviner la forme de la surface minimale créée en plongeant cette structure dans une solution savonneuse ?

RÉPONSE PAGE 106

Favoriser une main par rapport à l'autre peut être vu comme la conséquence d'un conditionnement social plutôt que d'une capacité innée. Par exemple, si vous ne pouviez pas employer votre main préférée, vous pourriez constater au fil du temps que l'autre convient parfaitement.

▲ DROITIER ET GAUCHER

Les enfants d'une classe sont droitiers, gauchers ou ambidextres. Dans le cadre de cette énigme, nous supposerons que les enfants ambidextres sont à la fois gauchers et droitiers.

Un septième des gauchers sont aussi droitiers, et un neuvième des droitiers sont également gauchers.

Plus de la moitié des enfants sont-ils droitiers ?

RÉPONSE PAGE 106

DEUX MILLIONS DE POINTS

Imaginez que ce cercle comprenne une collection d'exactement deux millions de points distribués aléatoirement, sans que vous ne puissiez les voir avec ce rapport d'agrandissement.

Existe-t-il une ligne droite possédant exactement un million de points de chaque côté de la ligne ?

Pouvez-vous décrire une procédure capable de résoudre le problème ?

RÉPONSE PAGE 107

La concentration est un talent clé lors de la résolution de problèmes mathématiques complexes. La moindre interruption peut vous faire perdre tout votre travail. Il existe un remède tout simple : couchez tout par écrit !

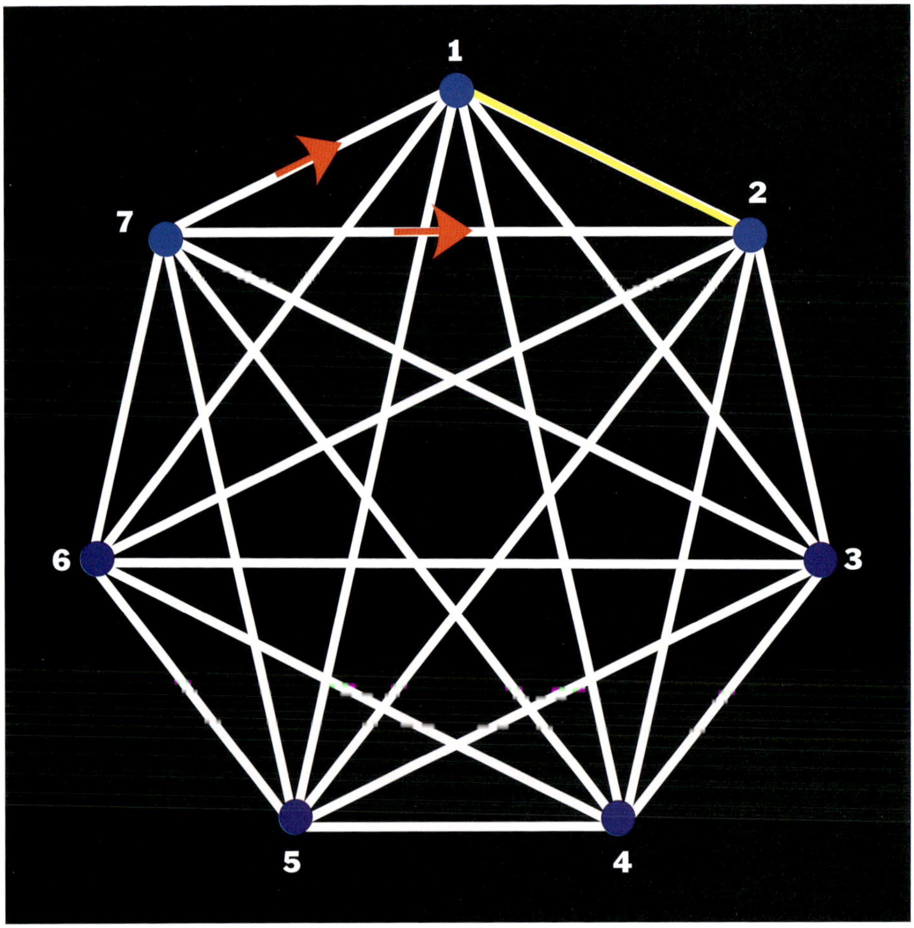

▲ TRIANGLES FLÉCHÉS DE GRAPHIQUE ORIENTÉ

En ajoutant une flèche à chaque ligne d'un graphique pour donner une direction à cette ligne, le graphique devient un graphique directionnel, généralement nommé graphique orienté ou digraphe.

Un graphique complet est un graphique dans lequel chaque paire de points est reliée par une ligne. Un graphique complet avec sept points est présenté ci-dessus. En affectant une direction à chaque ligne d'un graphique complet, vous obtenez un graphique orienté complet.

Le but de cet exercice est de transformer le graphique ci-dessus en un graphique orienté complet en ajoutant une flèche à chaque ligne, de façon à ce que, pour chaque paire de points, il soit toujours possible d'atteindre chaque autre point en une étape depuis un troisième point. Un exemple est montré pour les points 1 et 2 du graphique, montrant qu'à partir du point 7, une étape suffit pour atteindre n'importe lequel d'entre eux.

Pouvez-vous ajouter le reste des flèches afin de respecter cette condition pour tous les points ?

RÉPONSE PAGE 108

▶ CUBE ÉCHIQUIER

Combien de cubes de n'importe quelle taille un cube échiquier 3D contient-t-il ?

RÉPONSE PAGE 108

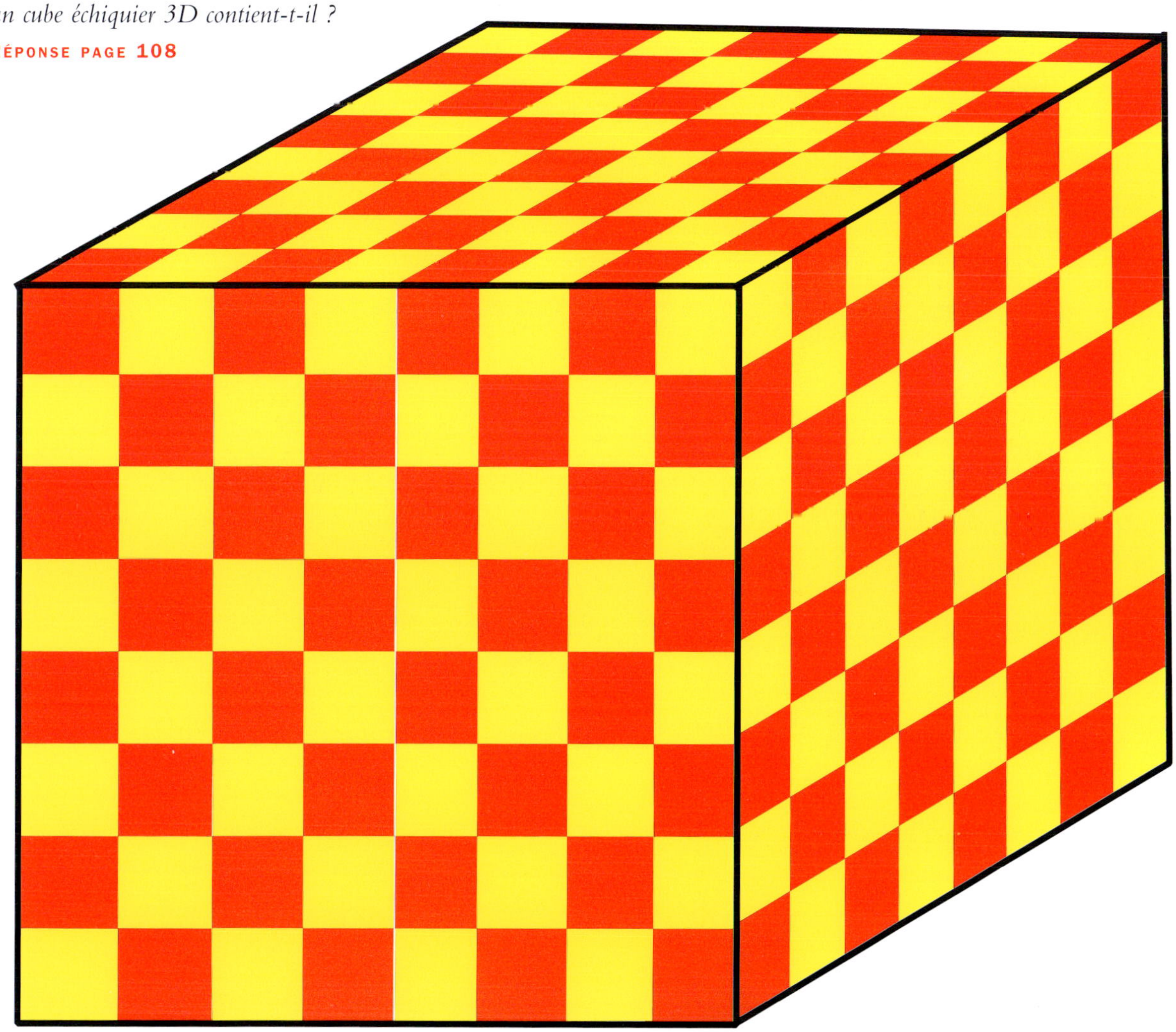

Les puzzles classiques sont faciles, car il est très rapide de déceler les relations entre les éléments de l'image. Les énigmes suivantes fonctionnent de la même façon mais sont bien sûr bien plus difficiles.

▶ ANNEAU ROUGE BLEU VERT

Pouvez-vous déceler les relations entre les zones rouges, bleues et vertes de l'anneau circulaire ? Remarque : le rayon du grand cercle est le double de celui du petit cercle.

RÉPONSE PAGE 108

Tout devrait être rendu aussi simple que possible – mais pas plus simple.
Albert Einstein

▼ BLOCS ERRANTS

Copiez et coupez les huit morceaux de forme identique.

Essayez de placer ces huit pièces sans recouvrement dans l'espace blanc.

RÉPONSE PAGE 109

Choisir le mouvement suivant ou la forme adéquate dans un jeu est parfois d'une évidence parfaite. Toutefois qu'est-ce qui nous fait choisir si rapidement ? L'expérience ? L'intuition ? Réfléchissez à la façon dont vous prenez la décision correcte sur ces pages.

▲ **CHATIÈRES**

Examinez quelques instants le dessin des portes de chatière ci-dessus. Masquez le dessin, puis choisissez parmi les dessins du bas les bonnes portes de chatière rouge et bleu.

RÉPONSE PAGE 109

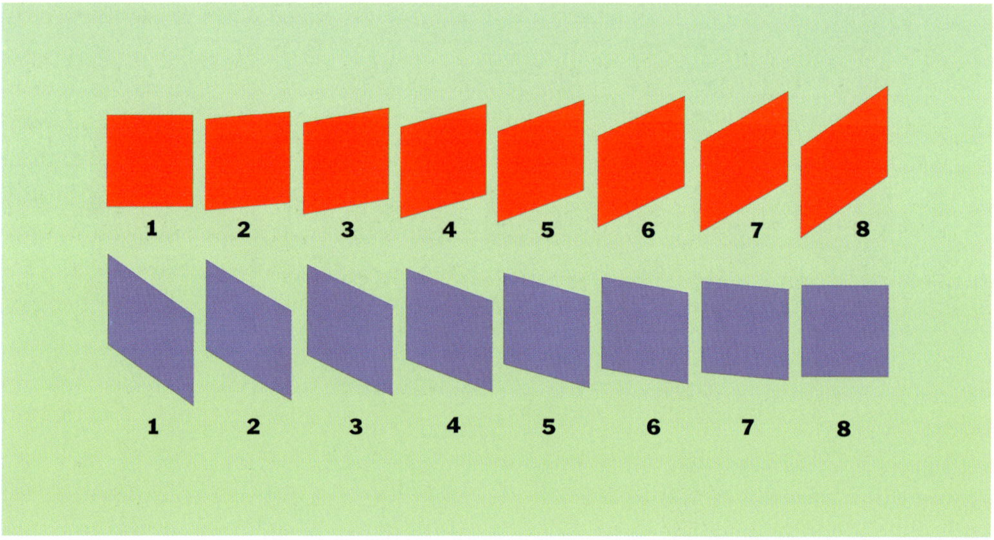

▼ CONNEXION

Pouvez-vous tracer des lignes pour relier les points de couleurs identiques le long du quadrillage blanc ? Les lignes ne peuvent pas se croiser.

RÉPONSE PAGE 109

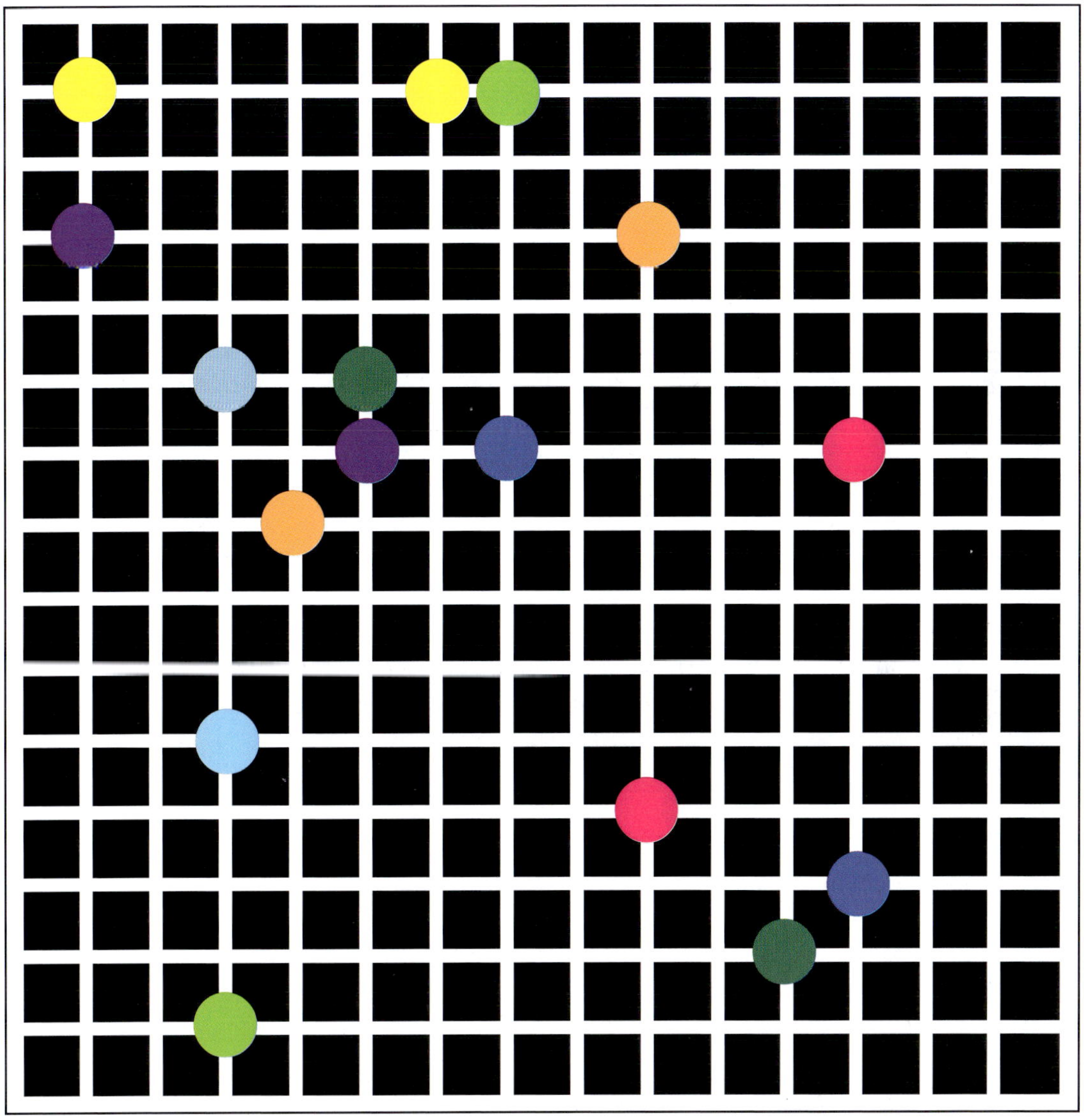

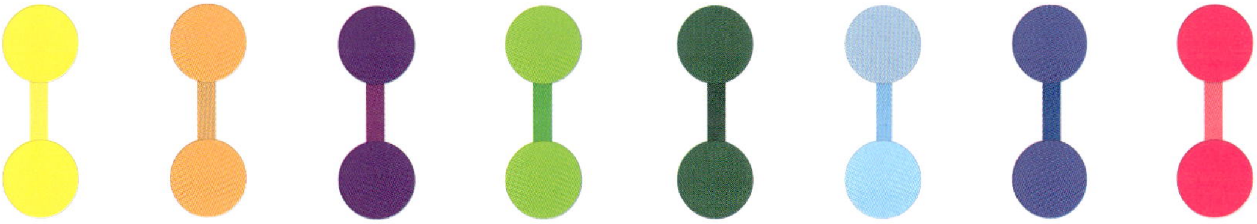

Combinaison : le mot évoque immédiatement un mot de passe ou un code secret, mais peut également s'appliquer à tout arrangement efficace de ressources. Vous pourrez ici essayer diverses méthodes d'arrangement de choses (nombres et personnes) !

▲ MOT DE PASSE

Le mot de passe bancaire du gentleman qui ouvre son compte se compose de trois lettres suivies de deux chiffres :

Combien de mots de passe sont-ils possibles :

Énigme 1) Lorsque toutes les lettres et tous les chiffres sont autorisés ?

Énigme 2) Lorsqu'aucune lettre ou chiffre ne peut être répété ?

Énigme 3) Comme en 2, mais le mot de passe débute obligatoirement par un "T" ?

RÉPONSE PAGE 109

▲ CAMOUFLAGE

Huit soldats sont cachés dans la forêt de telle façon qu'aucun soldat ne peut voir les autres. Chaque soldat est placé sur un cercle blanc et ne peut voir dans ses jumelles à vision nocturne que le long des lignes blanches, horizontalement, verticalement et en diagonale.

Pouvez-vous placer les huit soldats de façon adéquate ?

RÉPONSE PAGE 109

Les tableaux perforés sont une excellente façon de comprendre les relations de surfaces entre différentes formes. Tandis que la taille des plateaux augmente, l'obtention des formes auxquelles vous pouvez penser demande de plus en plus de subtilité.

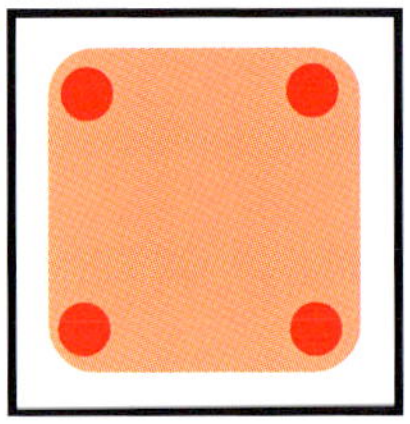

2 par 2

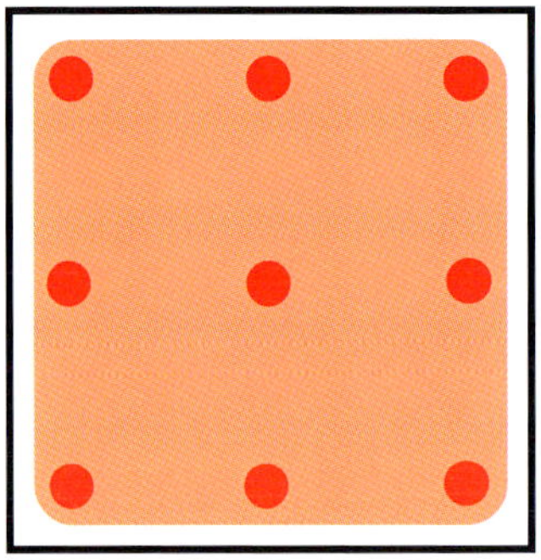

3 par 3

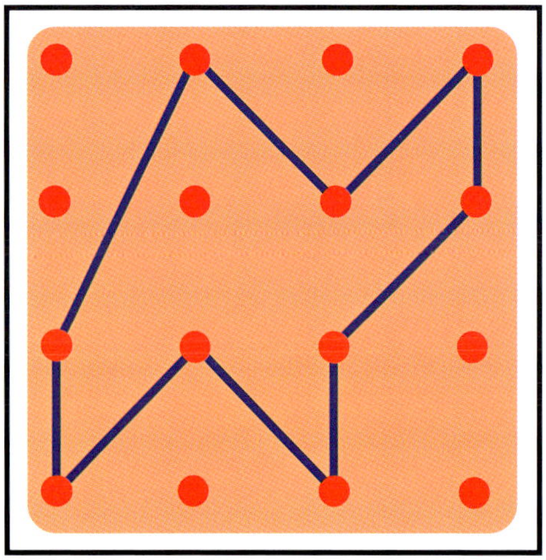

4 par 4

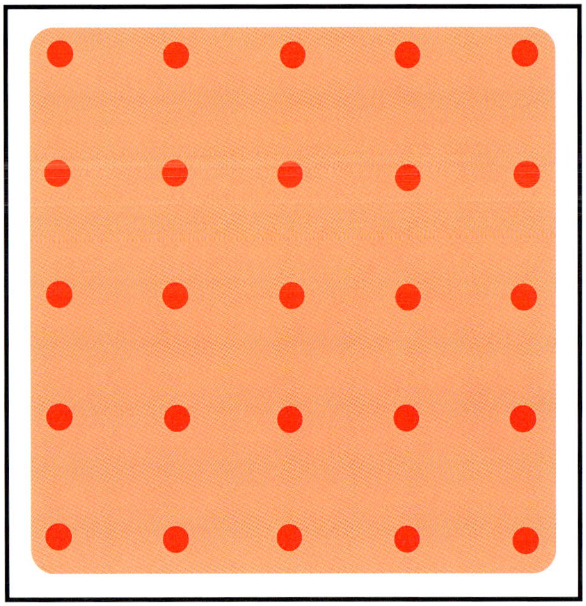

5 par 5

◀ POLYGONES SUR PLATEAU PERFORÉ 1

Les plateaux perforés sont utiles pour comprendre les relations entre polygones et surfaces – et pour résoudre des énigmes.

Des polygones fermés dont les côtés ne sont pas continus (chaque côté doit tourner en atteignant une fiche) sont dessinés sur des plateaux perforés de différentes tailles.

Chaque coin des polygones doit être sur une fiche du tableau et chaque fiche ne doit servir qu'une fois.

Sur un tableau de 4 par 4, un polygone fermé à 9 coins a été dessiné.

Pouvez-vous tracer un tel polygone avec un coin sur chacune des 16 fiches ?

De façon générale, quel est le nombre maximum de fiches sur lesquelles de tels polygones peuvent être dessinés, sur des carrés de 2 par 2 à 5 par 5 ?

RÉPONSE PAGE 110

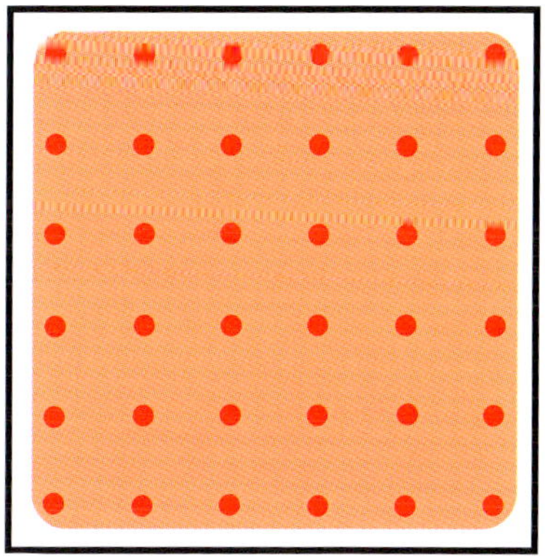

6 par 6

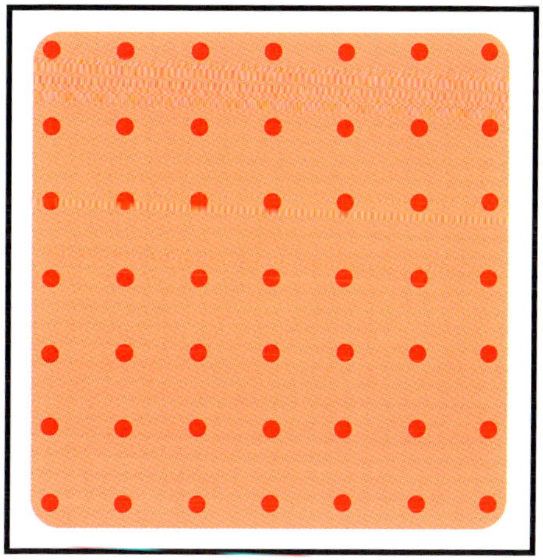

7 par 7

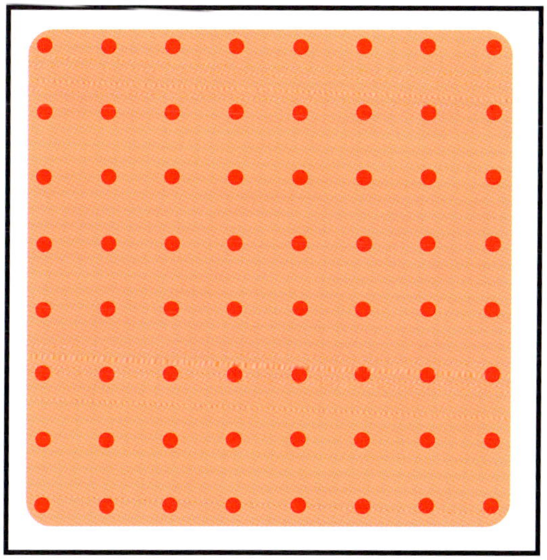

8 par 8

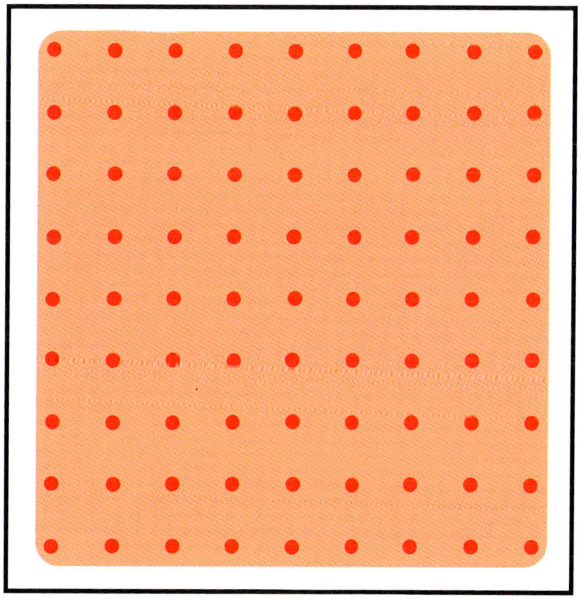

9 par 9

▲ POLYGONES FERMÉS SUR PLATEAU PERFORÉ 2

En respectant les règles énoncées page 50, pouvez-vous dessiner des polygones sur ces tableaux (6 par 6 à 9 par 9) en employant chaque fiche de chaque tableau ?

RÉPONSE PAGE 110

n = 2

n = 3

n = 4

n = 5

n = 6

n = 7

▶ POLYGONES FERMÉS SUR PLATEAU PERFORÉ 3

En suivant les règles de la page 50, quel est le nombre maximum de fiches qui peuvent être occupées par des polygones fermés sur chacun de ces plateaux perforés triangulaires ?

RÉPONSE PAGE 111

n = 8

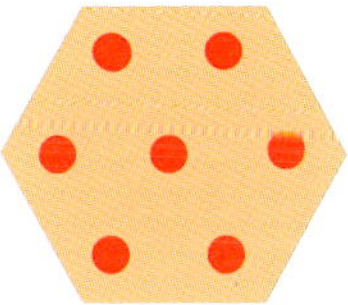

n = 2

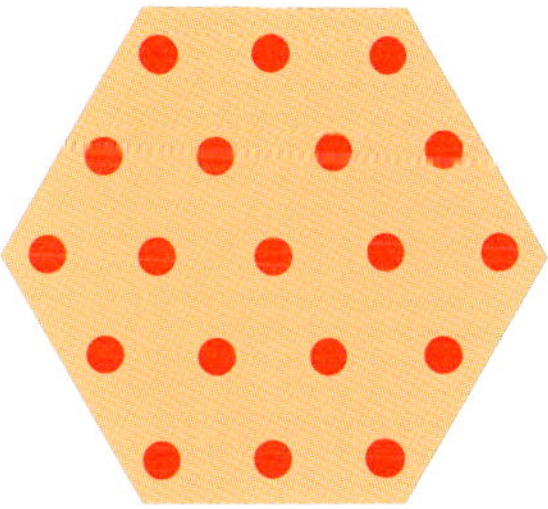

n = 3

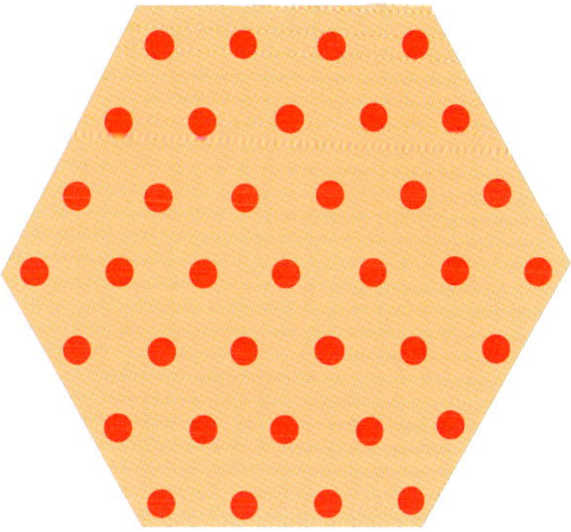

n = 4

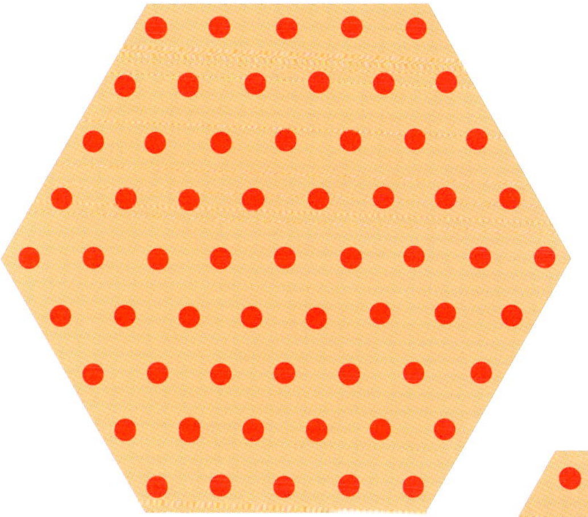

n = 5

n = 6

▶ POLYGONES FERMÉS SUR PLATEAU PERFORÉ 4

En suivant les règles de la page 50, quel est le nombre maximum de fiches qui peuvent être occupées par des polygones fermés sur chacun de ces plateaux perforés hexagonaux ?

RÉPONSE PAGE 111

▲ HEXAGONES SUPERPOSÉS

Quatre petits hexagones sont superposés à un grand hexagone, comme montré ci-dessus.

Quelle surface est la plus grande : la somme des surfaces vertes des petits hexagones ou la surface rouge libre du grand hexagone ?

Les côtés du grand hexagone ont une taille double de celle des côtés des petits hexagones.

RÉPONSE PAGE 112

◀ TRIANGLES DE TIGES

À partir des six tiges de longueur différente montrées ci-contre, combien de triangles différents pouvez-vous créer à l'aide de combinaisons de trois tiges ?

RÉPONSE PAGE 112

▼ AU SUIVANT !

Pouvez-vous connecter les 18 points consécutifs à l'aide d'une ligne fermée qui ne se recoupe pas ?

RÉPONSE PAGE 112

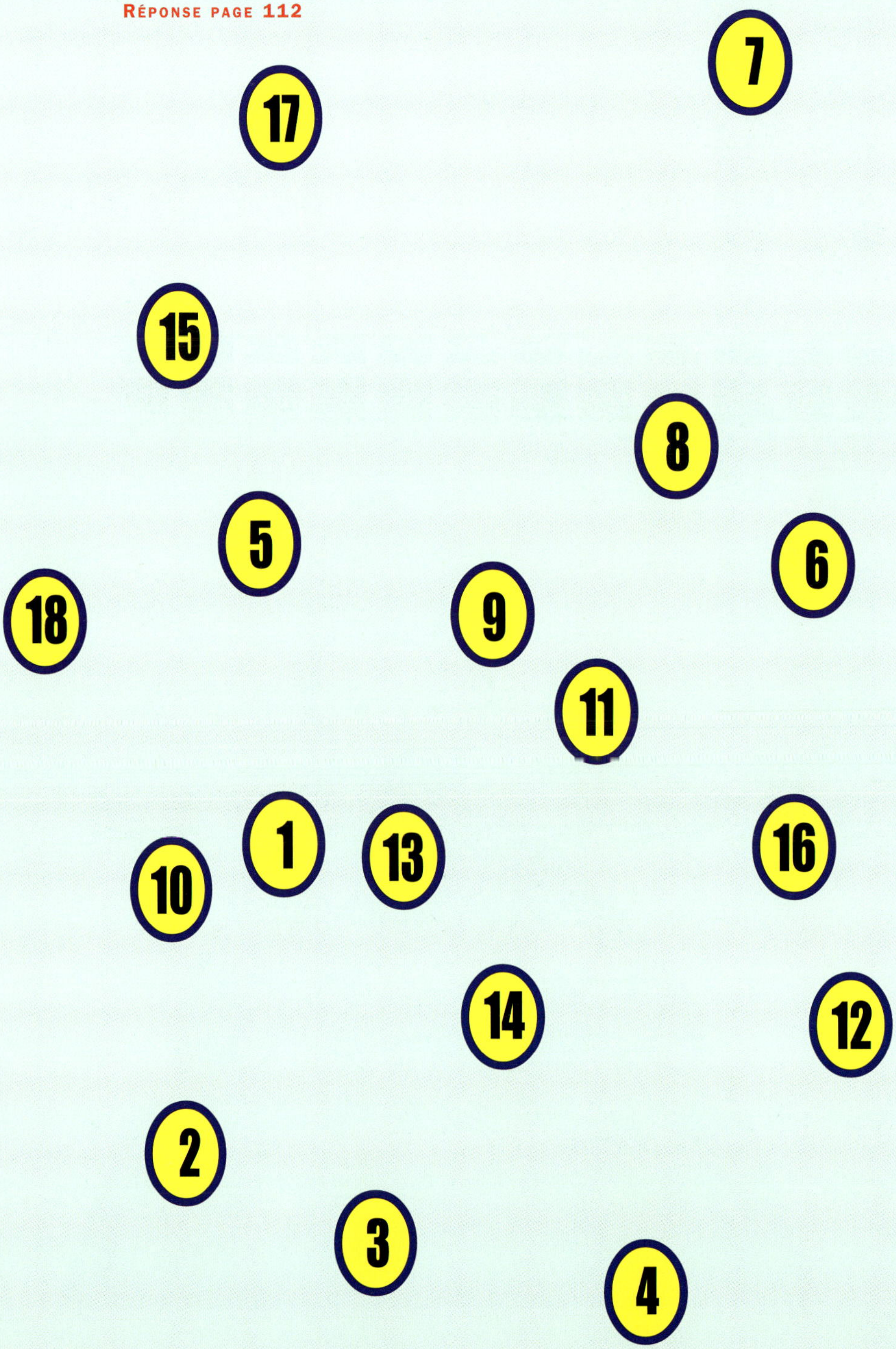

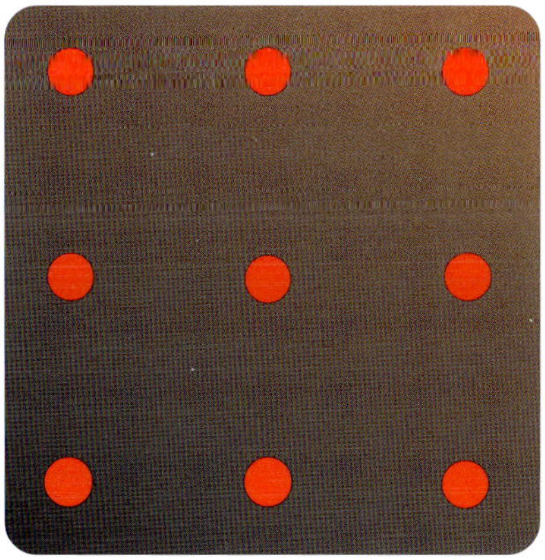

◀ **QUADRILATÈRES SUR PLATEAU PERFORÉ**

ÉNIGME 1 *Combien de quadrilatères différents pouvez-vous tracer en connectant les fiches d'un plateau perforé de 3 par 3 ? Pouvez-vous en tracer 16 sans que les côtés ne se coupent ?*

ÉNIGME 2 *De combien de façons différentes pouvez-vous diviser le plateau perforé de 3 par 3 en quatre formes de surface égale ? Les surfaces n'ont pas à être congruentes.*

Pouvez-vous trouver dix façons différentes ? Réflexions et rotations ne sont pas considérées comme différentes.

RÉPONSE PAGE 113

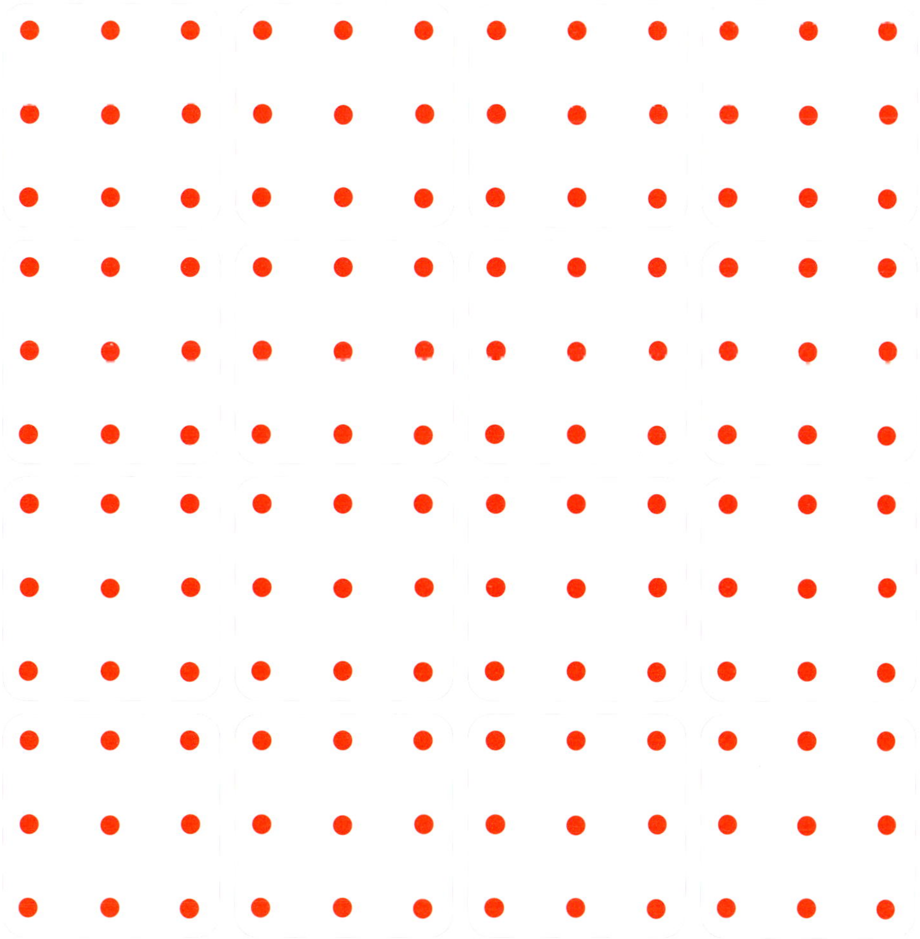

Le premier regard est souvent trompeur. Ce qui paraît simple de prime abord peut rapidement devenir un des pièges exposés sur les pages suivantes.

▲ COMBIEN DE CARRÉS 1 ?

Combien de carrés de taille différente existent-ils dans le motif?

RÉPONSE PAGE 114

▲ **COMBIEN DE CARRÉS 2 ?**

RÉPONSE PAGE 114

L'attention portée à la délimitation d'une surface dépend fortement de l'objet concerné. Nous pourrions accorder un espace égal à chaque partie d'un jardin sans y mettre trop de zèle, mais couper minutieusement un gâteau en parts égales.

Périmètre de surface : le problème de l'île

Des lignes sur un morceau de papier définissent une surface : un espace bidimensionnel. Cependant même une feuille de papier possède une épaisseur. Sous la surface se trouve un volume : un espace tridimensionnel.

Comme le sait tout écolier du primaire, surfaces et périmètres sont des notions difficiles à appréhender.

Les enfants ne sont pas les seuls à qui surfaces, volumes et périmètres posent problème. Un emballage bien conçu amène souvent l'acheteur à penser qu'il achète plus qu'en réalité. Surfaces et volumes sont faciles à estimer pour des formes rectangulaires, mais plus délicates pour les autres formes, surtout celles avec des parois incurvées.

Les anciens Grecs connaissaient la notion de périmètre comme celle de surface enfermée. D'ailleurs, le mot mètre dérive du mot grec "mesurer autour". Comme de nombreux Grecs vivaient sur des îles, ils avaient d'excellentes raisons d'être conscients des pièges des mesures. Après tout, il est facile de voir que la surface d'une île ne peut être estimée par le temps nécessaire à parcourir ses côtes. Un long parcours peut signifier que la forme de l'île est très irrégulière, pas qu'elle est de grande taille. La coutume était toutefois pour les propriétaires d'estimer leurs terres d'après leur périmètre et non leur surface.

L'ancienne histoire de Didon est un exemple de résolution de ce problème. En tant que princesse de Tyr, elle voyagea jusqu'à la côte nord-africaine. Il lui fut accordé là une terre de taille ridicule : égale à ce qui pourrait être recouvert par la peau d'un bœuf. Confiante, Didon coupa en lanières la peau du bœuf et cousit celles-ci de façon à obtenir un ruban long de près de 1,5 km. Ensuite, en employant la côte comme première frontière, elle étendit le ruban à l'aide de ses partisans en un demi-cercle aussi grand que possible. De cette façon, le cuir d'un bœuf ordinaire recouvrait presque 10 hectares. C'est là que Didon fonda la célèbre cité de Carthage.

Sa solution était fondée sur le fait que, de toutes les formes planes à périmètre égal, le cercle possédait toujours la plus grande surface. Cela porte aujourd'hui le nom de "théorème isopérimétrique".

▲ SURFACES ET PÉRIMÈTRES ÉGAUX

Les huit formes ci-dessus constituent deux ensembles de cercles, hexagones, carrés et triangles. Les formes d'un des deux ensembles (un cercle, un hexagone, un carré et un triangle) possèdent toutes la même surface, les formes de l'autre ensemble le même périmètre.

Pouvez-vous reconstituer les deux groupes, celui à surfaces égales et celui à périmètres égaux ?

RÉPONSE PAGE 114

Lorsque vous essayez de calculer la taille d'une surface sur un plateau perforé, recherchez les formes dans les formes. Même les formes les plus complexes peuvent devenir simples à définir grâce à cette approche.

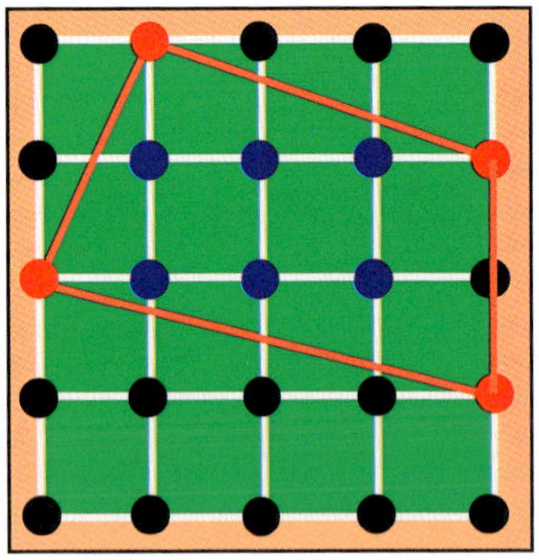

◀ FORMES SUR PLATEAU PERFORÉ 1

Le plateau de gauche possède un élastique placé sur quatre fiches et définissant une surface.

Sans faire aucune mesure, pouvez-vous calculer cette surface en termes de carré unitaire du quadrillage ?

RÉPONSE PAGE 114

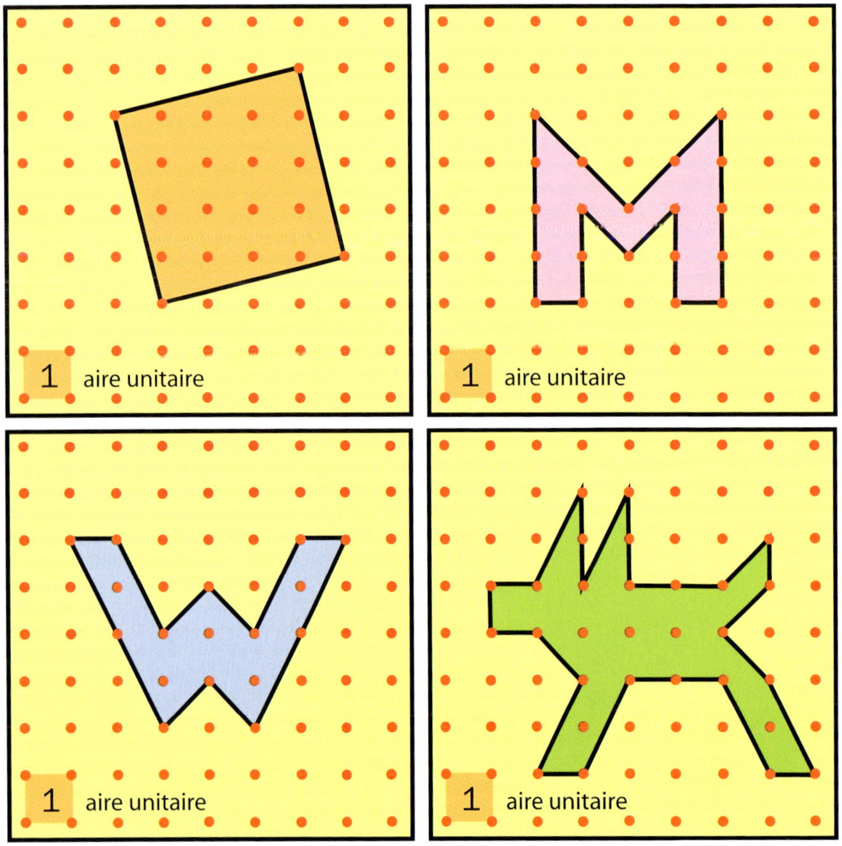

◀ FORMES SUR PLATEAU PERFORÉ 2

Pouvez-vous à l'œil nu indiquer la surface des quatre formes des tableaux, en termes de carré unitaire illustré ?

RÉPONSE PAGE 115

1

2

3

4

5

◀ COMBIEN DE TRIANGLES ?

Combien de triangles de n'importe quelle taille pouvez-vous dénombrer dans ces motifs triangulaires ?

RÉPONSE PAGE 115

6

Les plateaux perforés peuvent être employés comme méthode pratique de résolution de problèmes de surface, d'arrangement et d'angles. C'est à se demander pourquoi nous ne nous en servons pas plus souvent !

▼ CARRÉS FICHÉS

Les cercles blancs représentent des fiches sur un plateau perforé.

Vous disposez de 16 élastiques de couleurs différentes avec lesquels former des carrés. Le but du jeu est de placer les 16 élastiques autour des fiches en respectant la règle suivante :

Chaque fiche doit se trouver au coin d'un carré, mais peut appartenir au côté d'un autre carré, comme dans l'exemple illustré.

RÉPONSE PAGE 115

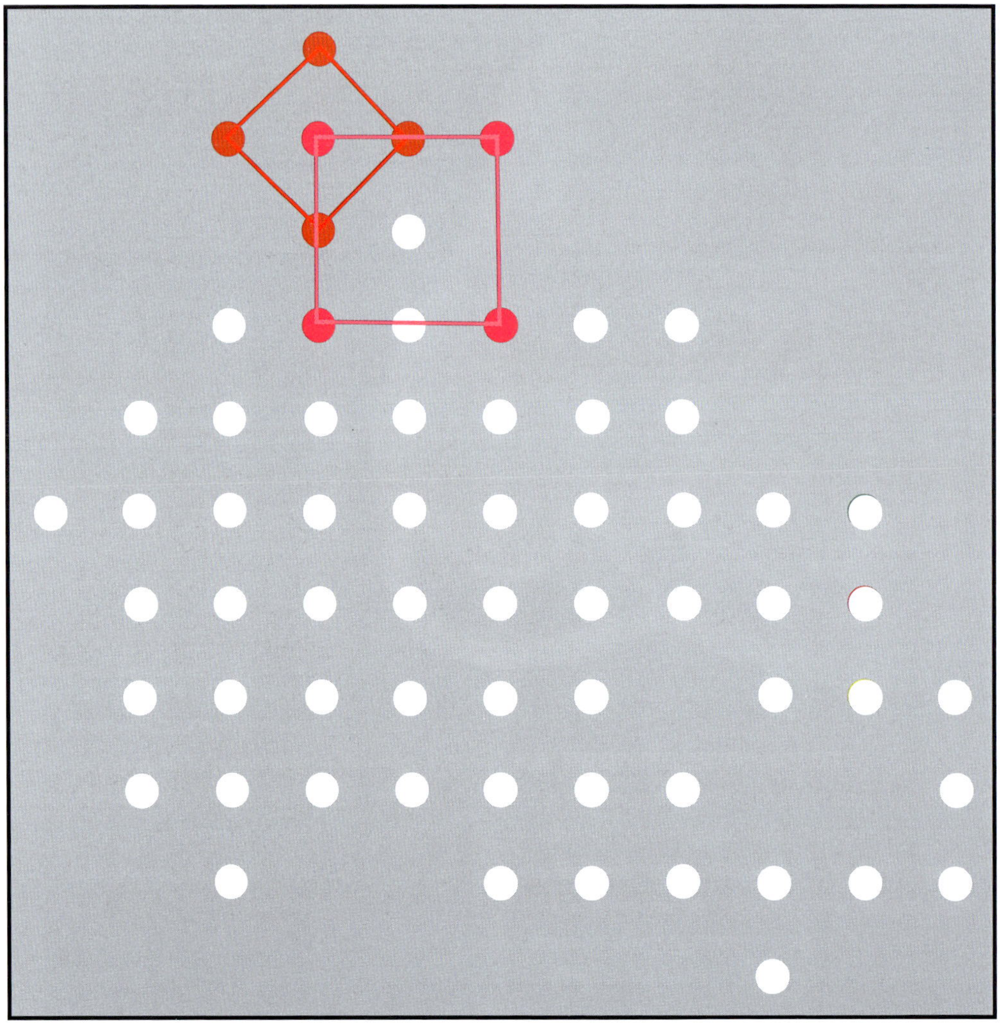

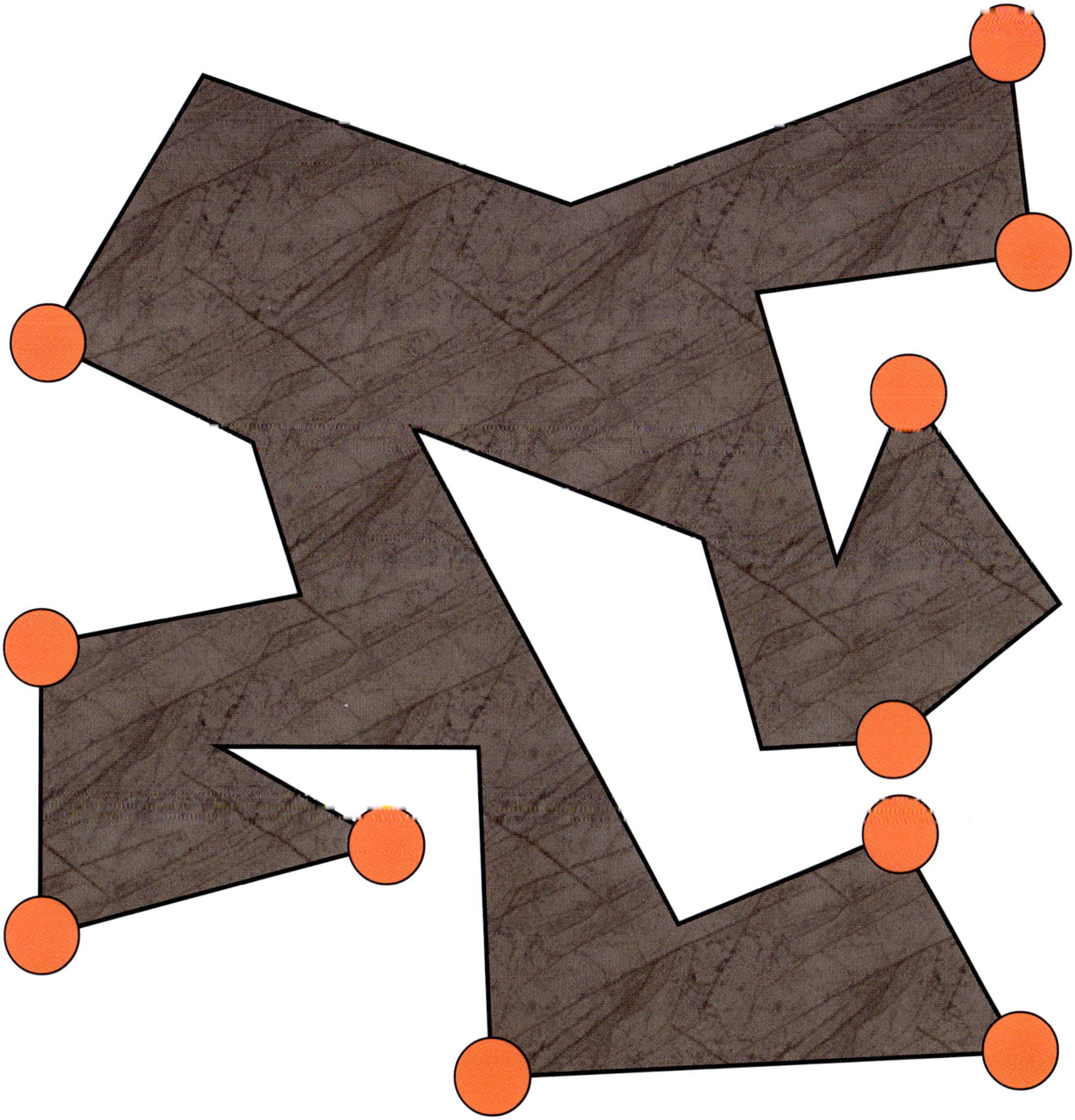

▲ MUSÉE DE CHVATAL

Dans ce musée à forme curieuse comportant 24 murs, des caméras de sécurité pivotantes peuvent être montées à chaque coin. Dans l'exemple illustré, 11 caméras (les points rouges) ont été installées.

Ces caméras sont coûteuses tant à acquérir qu'à entretenir. Quel est le nombre minimal de caméras nécessaires pour que chaque centimètre carré du musée soit couvert par au moins une caméra ?

RÉPONSE PAGE 116

Les mathématiciens ont la capacité de discerner des généralisations et donc des solutions familières pour des problèmes apparemment très dissemblables – un peu comme un boomerang, en fait.

▼ ANGLES DANS UN TRIANGLE

En pliant du papier, comment pouvez-vous prouver que la somme des trois angles d'un triangle est égale à 180 degrés sur le plan euclidien ?
Peut-il exister d'autres surfaces sur lesquelles la somme des angles d'un triangle est inférieure ou supérieure à 180 degrés ? Je peux penser à plusieurs triangles de ce type existant dans le monde réel.

RÉPONSE PAGE 116

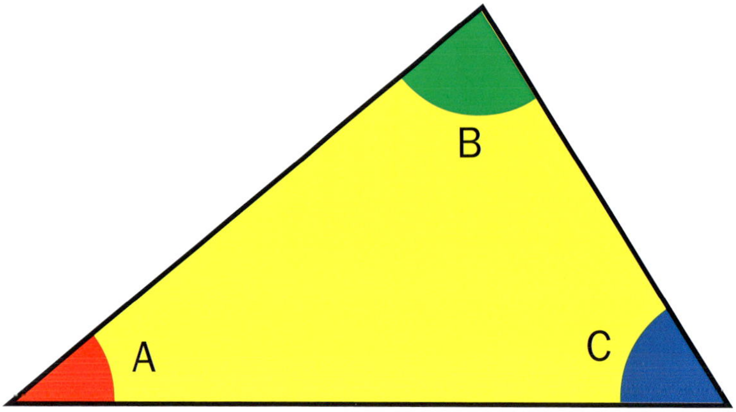

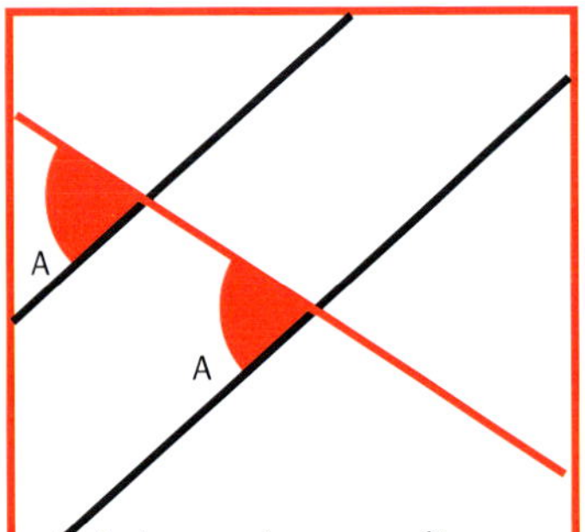

Axiome : Avec une ligne coupant deux lignes parallèles, les angles correspondants sont égaux.

Prouver la somme des angles d'un triangle

Plusieurs petites choses pourraient vous déranger dans l'exercice précédent : que les résultats ne soient vrais que pour ce triangle spécifique, ou bien que la pliure présente des trous non perceptibles, ou qu'elle ait modifié les angles d'une façon ou d'une autre. Vous pourriez éliminer ces doutes en retentant l'expérience avec différents triangles, mais sans être certain qu'il n'existe pas un triangle éventuel qui ne produise pas les mêmes résultats.

La première leçon en matière de pensée mathématique et de résolution de problème consiste à réfléchir en termes de généralisation et non de détails spécifiques, pour arriver à une preuve mathématique. De telles preuves ont pu être trouvées seulement après que les anciens grecs eurent réalisé l'abstraction de la géométrie. Ils ont idéalisé les points et les lignes, créant ainsi un monde abstrait dans lequel les lois de la géométrie qu'ils stipulaient pouvaient s'appliquer à la perfection. Ils savaient également comment obtenir des résultats pratiques à partir de leurs modèles, rendant la géométrie déductive d'après des axiomes.

Le principe de la géométrie euclidienne a tout d'abord été abordé dans le livre *Éléments* d'Euclide, resté pendant des siècles le livre de référence ultime du raisonnement humain. Pour employer ce principe afin d'obtenir des preuves mathématiques de problèmes, nous devons nous familiariser avec les "axiomes" – pour lesquels il n'existe pas plus de preuve qu'il n'en est besoin – qui servent de points de départ à la recherche de "théorèmes". La puissance de la méthode axiomatique est la suivante : si vous croyez les axiomes, vous devez également croire les théorèmes. Devez-vous toutefois croire les axiomes ? Les anciens géomètres grecs auraient répondu qu'il suffisait de "voir" les preuves des axiomes.

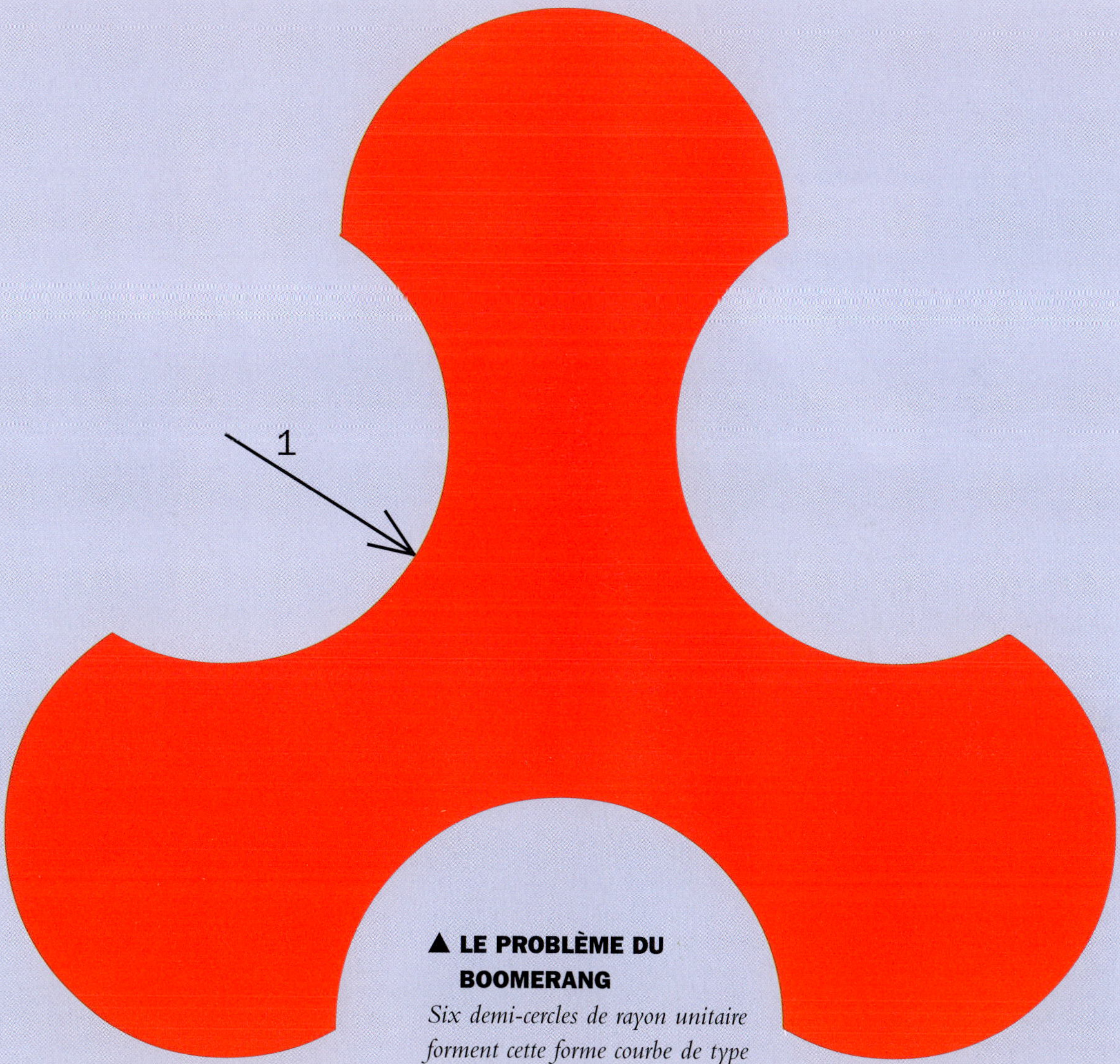

▲ LE PROBLÈME DU BOOMERANG

Six demi-cercles de rayon unitaire forment cette forme courbe de type boomerang.

Pouvez-vous calculer sa surface ?

RÉPONSE PAGE 117

Quelques connaissances peuvent vous mener loin. Tandis que vous manipulez les formes de ces pages, réfléchissez à la façon dont elles se combinent pour former de nouvelles formes mathématiques. Comment celles-ci peuvent-elles être définies ?

▶ RELIER CARRÉS ET TRIANGLES

Vous disposez de triangles équilatéraux et de carrés à côtés identiques.

Vous pouvez voir à droite le nombre de triangles et de carrés nécessaires à la création de polygones convexes comptant jusqu'à 10 côtés.

Combien de triangles et de carrés faudrait-il pour créer le plus petit polygone convexe à 11 côtés ?

RÉPONSE PAGE 117

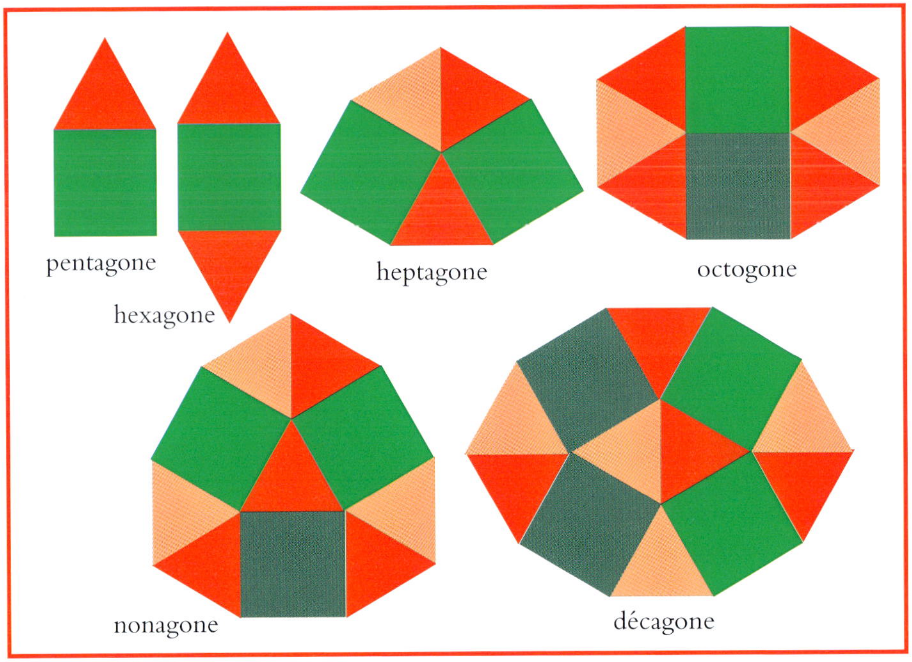

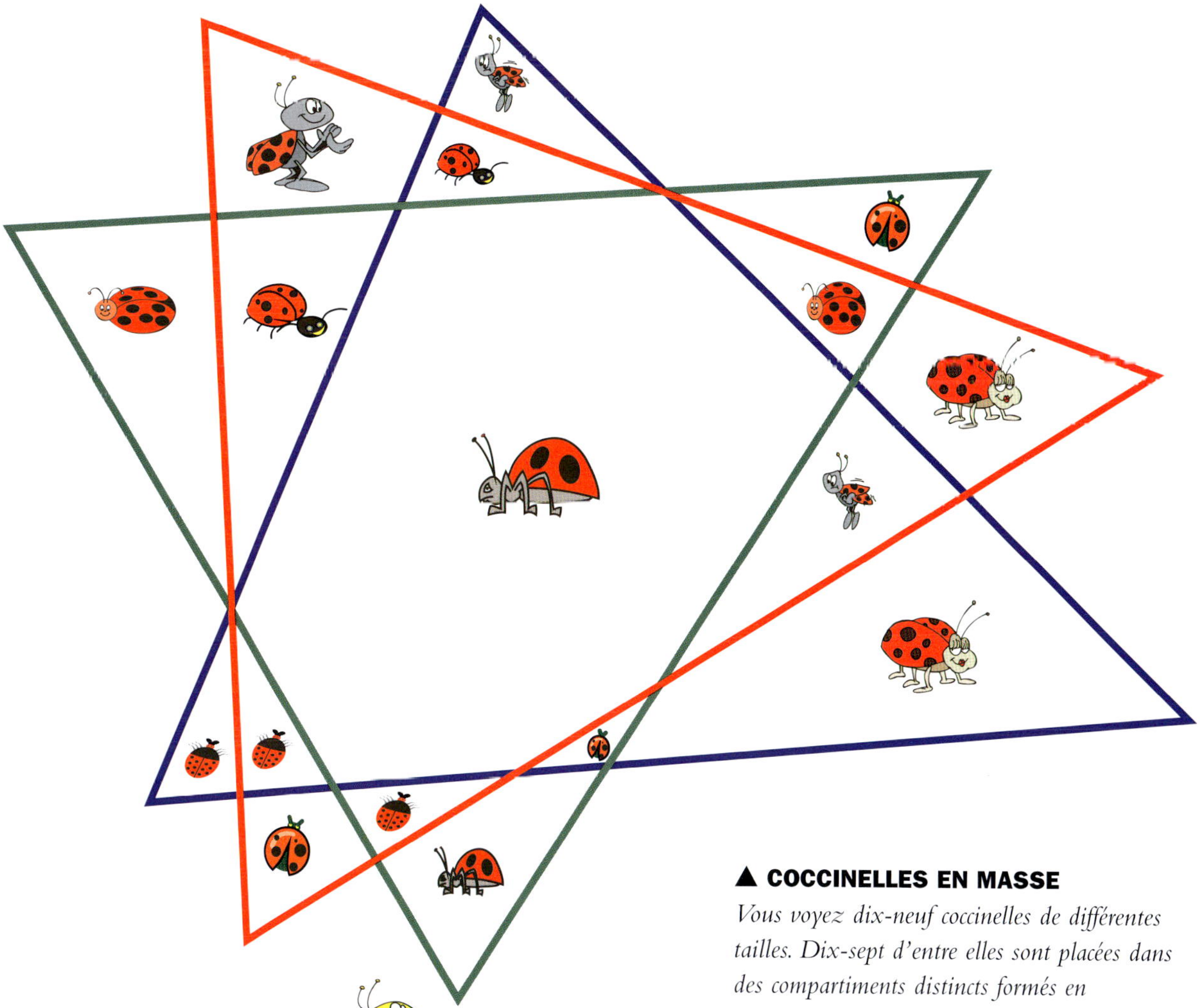

▲ COCCINELLES EN MASSE

Vous voyez dix-neuf coccinelles de différentes tailles. Dix-sept d'entre elles sont placées dans des compartiments distincts formés en superposant trois triangles, comme illustré.

Pouvez-vous réarranger ces mêmes formes pour créer deux compartiments supplémentaires de façon à placer les dix-neuf coccinelles dans des compartiments séparés ?

RÉPONSE PAGE 118

Aller de A à B (ou bien à C ou D) dans le moins de temps possible est un problème quotidien. La téléportation est une solution évidente, mais qui relève encore d'un lointain futur. Pour le moment, penchez-vous sur les énigmes de ces pages !

Arborescences minimales de Steiner

Lorsqu'un certain nombre de points sont répartis aléatoirement sur un plan, un problème fréquent consiste à déterminer comment les relier à l'aide de lignes droites de longueur totale minimale.

Dans de tels problèmes, une distinction peut être faite entre un arbre couvrant minimum et un arbre de Steiner (minimalisé en ajoutant un ou plusieurs points supplémentaires nommés points de Steiner). Les deux types sont illustrés ci-dessous pour trois et quatre points.

Jakob Steiner, un géomètre suisse (1796–1863), a été le premier à examiner les problèmes de minima.

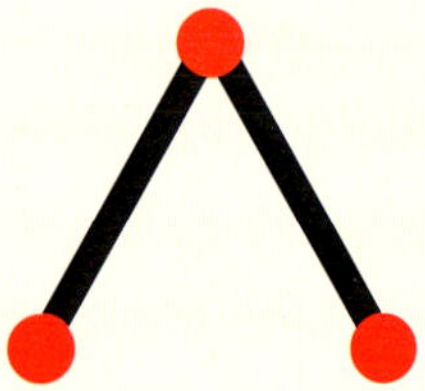

Longueur 2

TROIS POINTS
Arbre couvrant minimum pour trois points d'un triangle équilateral.

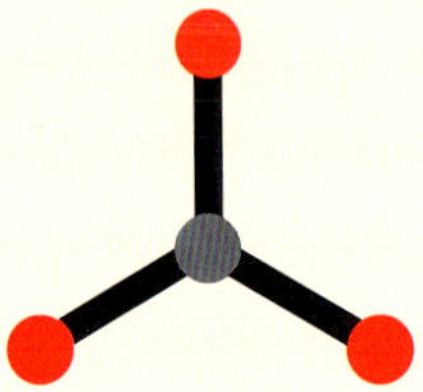

Longueur 1,74

TROIS POINTS
Arbre de Steiner pour trois points d'un triangle équilateral. En ajoutant un point supplémentaire la longueur est minimalisée.

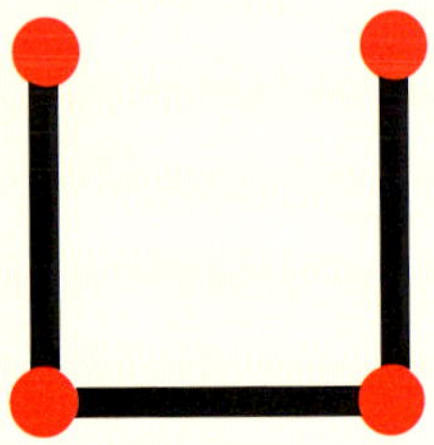

Longueur 3

QUATRE POINTS
Arbre couvrant minimum pour les quatre points d'un carré.

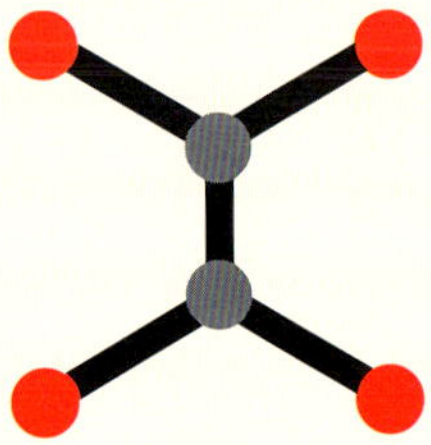

Longueur 2,73

QUATRE POINTS
Arbre de Steiner pour quatre points d'un carré. L'ajout de deux points de Steiner minimalise la longueur (un seul point n'est pas suffisant ici).

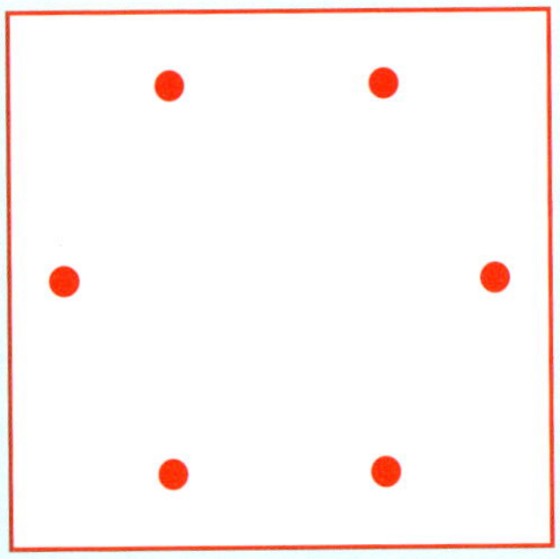

◀ PLUS COURTS CHEMINS DANS UN HEXAGONE

Quel est le réseau routier minimal pour connecter les six points d'un hexagone régulier ?

Pouvez-vous répondre pour un arbre couvrant minimum et un arbre de Steiner ?

RÉPONSE PAGE 119

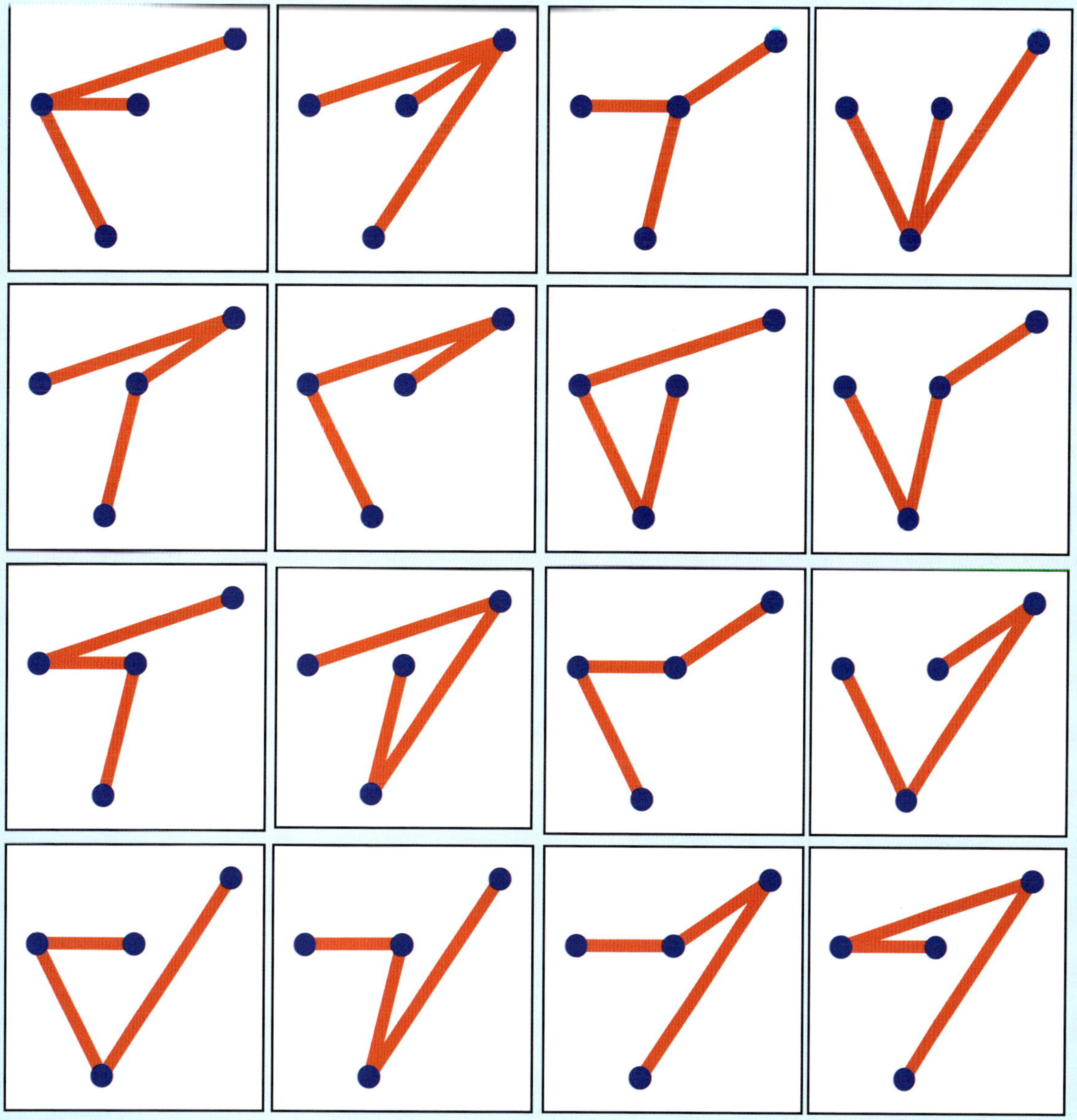

▲ LIAISONS ENTRE QUATRE VILLES

Quatre villes sont situées comme sur l'illustration.

Il existe 16 arborescences différentes possibles pour interconnecter les quatre villes à l'aide de lignes droites. Les villes sont représentées par des points, et les routes par des lignes.

Quelle est l'arborescence la plus courte ?

RÉPONSE PAGE 119

Il est fréquent de retirer autant de plaisir de la manipulation mentale d'une énigme que de sa résolution – surtout lorsque la réponse est bien cachée.

▲ FAITES TOURNER

Pourrez-vous découvrir la règle secrète du pivotement et révéler le nom de l'énigme ?

RÉPONSE PAGE 119

1

2

◀ DESSINS MASQUÉS

Combien de fois pouvez-vous retrouver les deux dessins ci-contre dans le motif présenté au dessus ?

Ils doivent apparaître dans le motif avec exactement la même orientation que celle montrée à gauche. D'autres lignes peuvent les couper.

RÉPONSE PAGE 119

Lorsqu'un gâteau a été découpé en parts égales, il est facile de servir les convives. Comment décider de la répartition des parts lorsque la découpe a été moins précise ? Un peu de diplomatie peut alors être nécessaire...

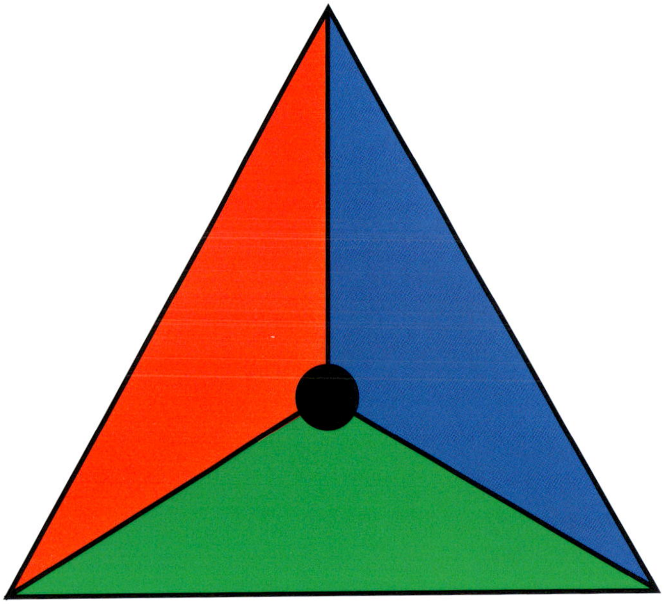

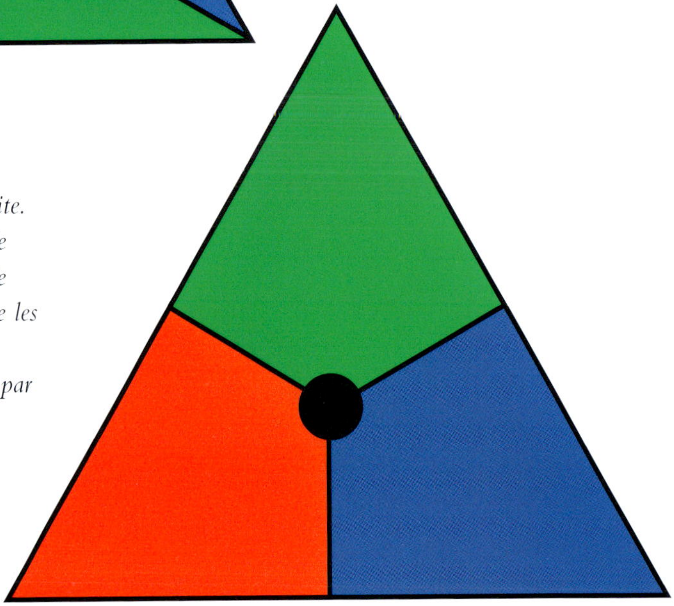

▶ DIVISION DE TRIANGLE

Il est facile de diviser un triangle équilatéral en trois portions identiques, comme montré ci-dessus et à droite.

Il est plus délicat de définir le plus petit nombre de morceaux en lesquels vous pouvez diviser un triangle équilatéral à l'aide de lignes droites de façon à ce que les morceaux puissent être assemblés en trois formes identiques. Vos découpes n'ont pas le droit de passer par le centre du triangle.

Pourrez-vous y parvenir ?

RÉPONSE PAGE 119

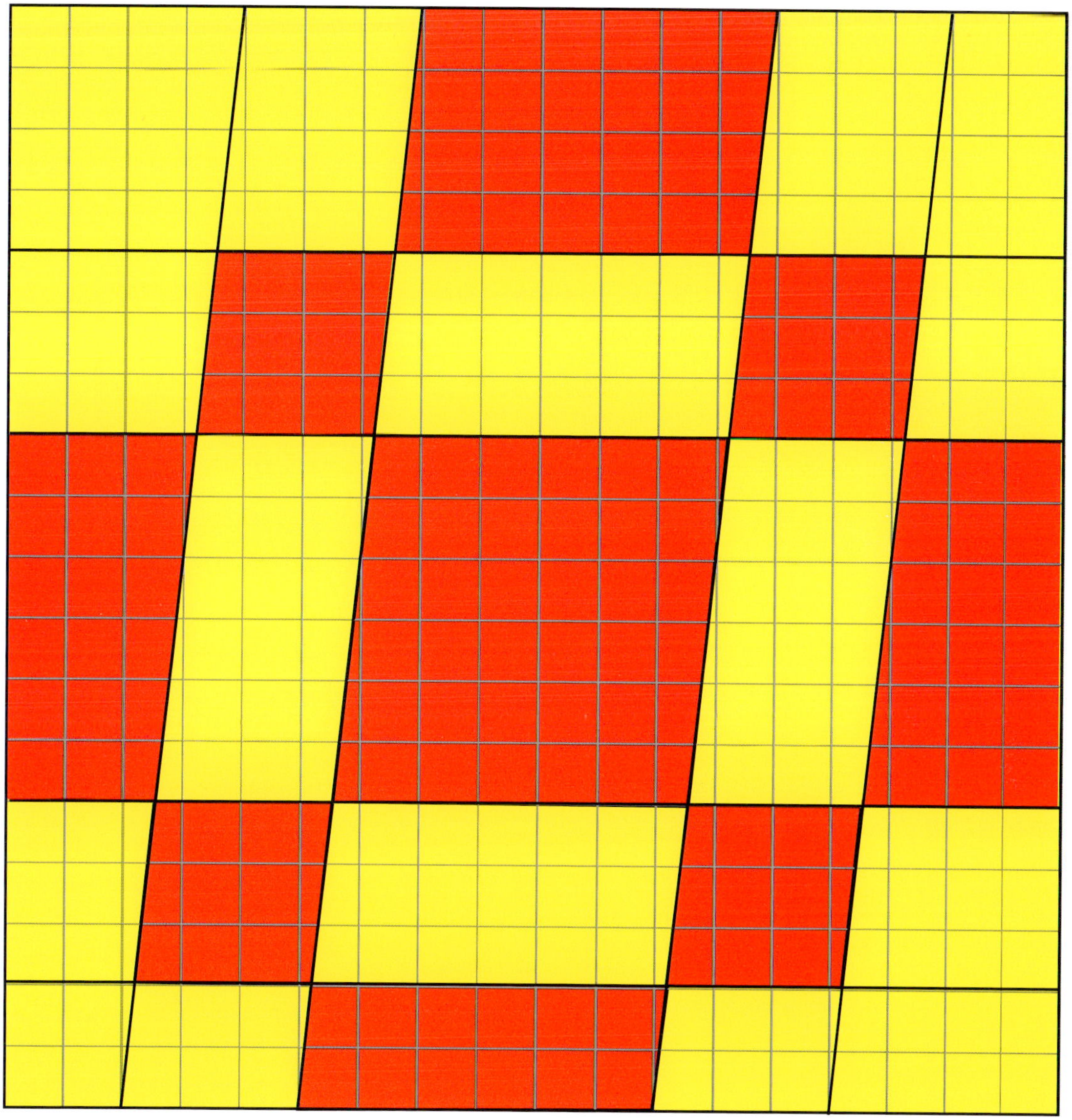

▲ QUADRILLAGE CARRÉ

Quelle est la proportion de zones rouges par rapport à la totalité du carré ?

RÉPONSE PAGE 119

Tous les enfants ont tenté dans leurs jeunes années d'enfoncer une fiche ronde dans un trou carré. Ils corrigent rapidement leur erreur, mais s'ils n'avaient pas à le faire ?

▲ TRIANGLE DANS UN CARRÉ

Quel est le plus petit triangle équilatéral qui puisse être inscrit dans un carré unitaire, de façon à ce que ses sommets reposent sur les côtés du carré ?

Et le plus grand ?

RÉPONSE PAGE 119

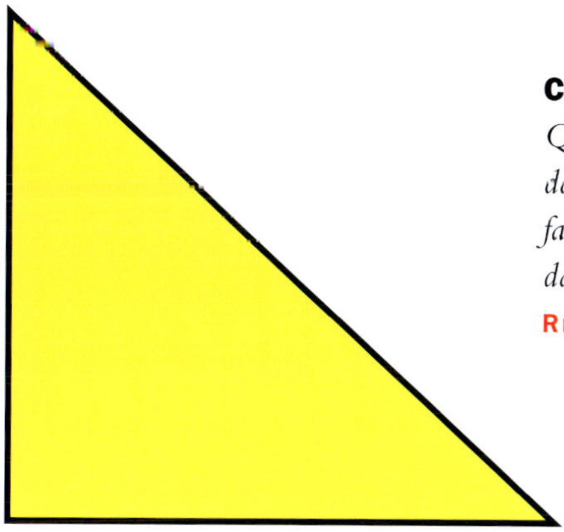

CARRÉ DANS UN TRIANGLE DROIT

Quel est le plus grand carré qui puisse tenir dans un triangle droit isocèle et de combien de façons différentes pouvez-vous placer ce carré dans le triangle ?

RÉPONSE PAGE 120

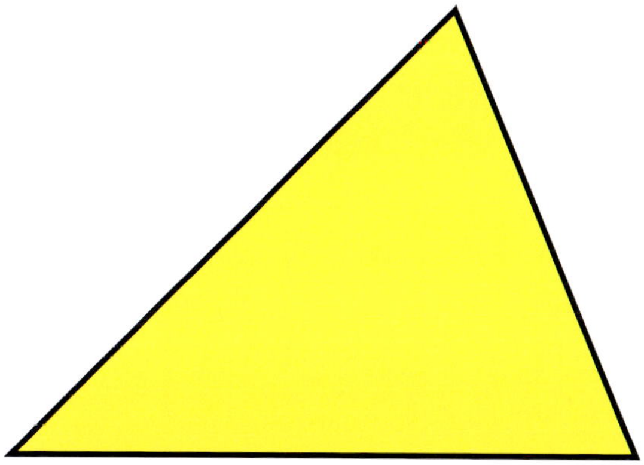

RECTANGLE DANS UN TRIANGLE

Quel est le plus grand rectangle qui puisse tenir dans un triangle donné ?

RÉPONSE PAGE 120

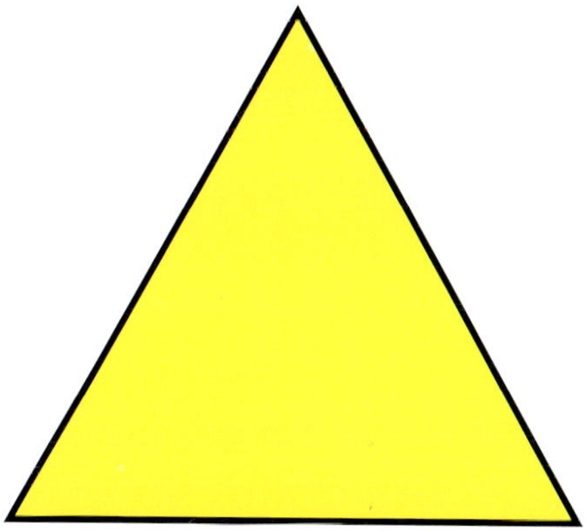

CARRÉ DANS UN TRIANGLE

Quel est le plus grand carré qui puisse tenir dans un triangle équilatéral et de combien de façons différentes pouvez-vous placer ce carré dans le triangle ?

RÉPONSE PAGE 120

Tout le monde apprécie une visite au zoo, mais avez-vous jamais pensé aux difficultés d'hébergement des animaux ? Les directeurs de zoos doivent penser à plus qu'à simplement les nourrir.

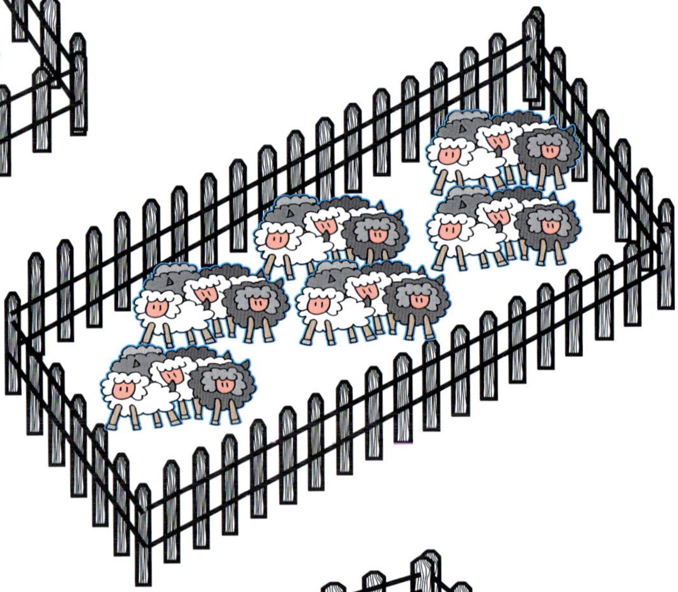

▶ ÉCONOMIES DE CLÔTURES 1

Les trois enclos illustrés possèdent la même surface.

Lequel est le plus économique et demande le moins de clôture ?

RÉPONSE PAGE 121

▲ ÉCONOMIES DE CLÔTURES 2

Nous avons vu quelle forme rectangulaire est la plus économique.

Un problème plus délicat consiste à trouver l'enclos le plus économique pour deux rectangles identiques juxtaposés sur leur plus grande longueur.

Quel enclos emploie ici le moins de clôture ? Les enclos, tracés à l'échelle, possèdent tous la même superficie.

De façon générale, quel est l'enclos le plus efficace non plus pour deux mais pour une infinité de surfaces identiques sur un plan ?

RÉPONSE PAGE 121

La phrase "tourner en rond" signifie que vous n'allez nulle part avec le problème concerné. Les énigmes de ces pages montrent que les vieux proverbes ne sont pas toujours vrais.

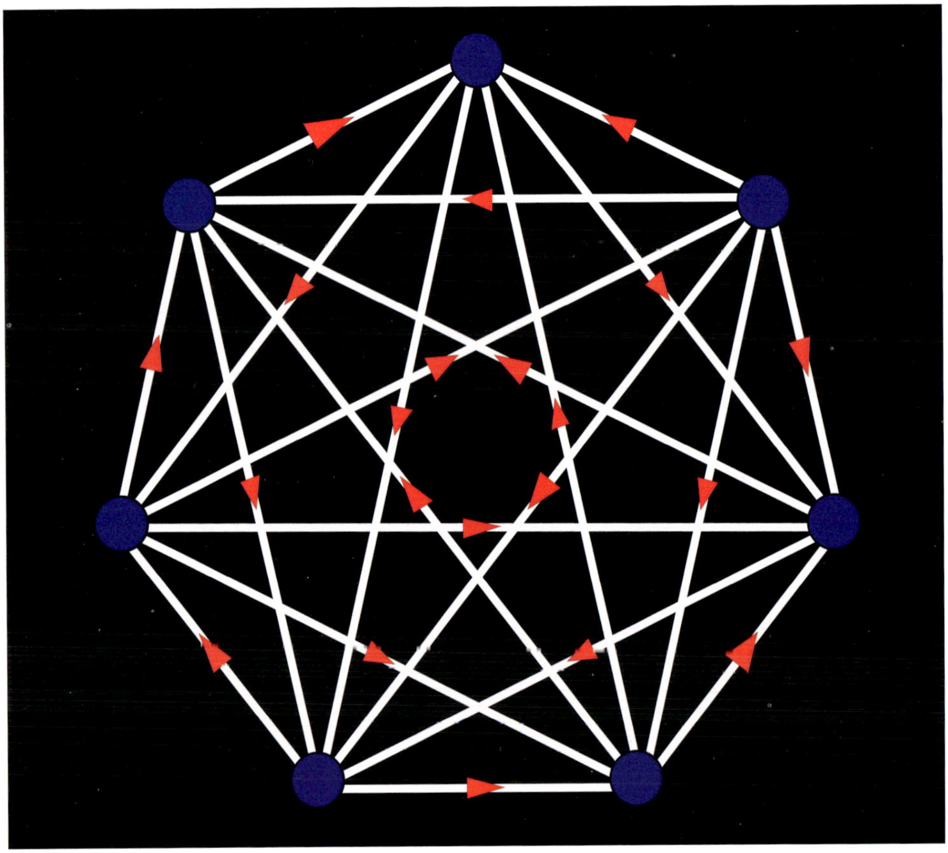

▲ POLYGONE ORIENTÉ

Comme vous l'avez appris page 42, un graphique orienté complet est un graphique dans lequel chaque couple de points est relié par un trait doté d'une flèche.

Un des théorèmes les plus surprenants concernant les graphiques orientés complets est le "théorème du graphique orienté complet" qui stipule que, quel que soit le nombre de flèches ajoutées aux lignes d'un graphique orienté complet, il existera toujours un chemin orienté connectant tous les points en ne visitant qu'une fois chaque point. Un tel chemin est nommé chemin d'Hamilton. Un cas spécial d'un tel chemin est lorsque le chemin revient à son point de départ. Il porte alors le nom de circuit d'Hamilton.

Le théorème garantit l'existence d'un chemin d'Hamilton, mais pas d'un circuit d'Hamilton.

Vous voyez ici un graphique orienté complet à 7 points. Pouvez-vous trouver un circuit d'Hamilton débutant n'importe où, visitant chaque point une fois, et revenant au point de départ ?

RÉPONSE PAGE 121

▲ CARRÉS IMBRIQUÉS

Uniquement à l'oeil nu, pouvez-vous dire si vous pouvez imbriquer les cinq formes carrées de façon à former six rayons de couleur continue sur chaque côté des carrés ?

RÉPONSE PAGE 121

La plupart des gens se jetteront sur une boîte de chocolats pour les manger plutôt que pour les réarranger géomètriquement. Ce faisant, ils se privent pourtant d'une énigme intéressante !

▲ **EMBALLAGES DE CALISSONS**

Les calissons sont des friandises fabriquées à Aix en Provence. Ils présentent une forme de losange composé de deux triangles équilatéraux, et sont emballés dans des boîtes de formes diverses. Les énigmes impliquant des calissons sont fondées sur le remplissage de quadrillages triangulaires à l'aide de calissons.

Comme chaque calisson occupe deux triangles, l'exigence fondamentale de tels quadrillages est qu'ils comportent un nombre pair de triangles.

Est-ce toutefois suffisant ? Tout quadrillage triangulaire composé d'un nombre pair de triangles peut-il être empli de calissons ?

Pourrez-vous remplir de calissons la boîte en forme d'étoile ?

RÉPONSE PAGE 122

▼ CARRÉ OPAQUE

Les barrières opaques sont des barrières minimales qui empêchent toute ligne de vue directe à travers une figure donnée.

R. Honsberger a introduit en 1978 le problème des "carrés opaques" et des "barrières opaques", généralisé aux problèmes de polygones réguliers opaques et de cubes opaques par Martin Gardner et Ian Stewart.

Quelle est la longueur totale minimale de barrière qui empêcherait toute ligne de vue directe de franchir un carré à côté unitaire ?

La barrière peut posséder n'importe quelle forme, droite ou incurvée, et peut être composée de plusieurs morceaux.

La solution la plus évidente serait de construire une barrière le long du périmètre du carré, comme illustré, avec une longueur de 4 unités. Une meilleure solution serait toutefois de ne construire la barrière que sur trois côtés, réduisant la longueur totale à 3 unités.

Existe-t-il une barrière plus courte ?

RÉPONSE PAGE 122

Les mathématiciens sont fascinés par les triangles en raison du nombre presque infini d'endroits où ils apparaissent et, comme nous allons le voir ici, des formes complexes qu'ils peuvent créer.

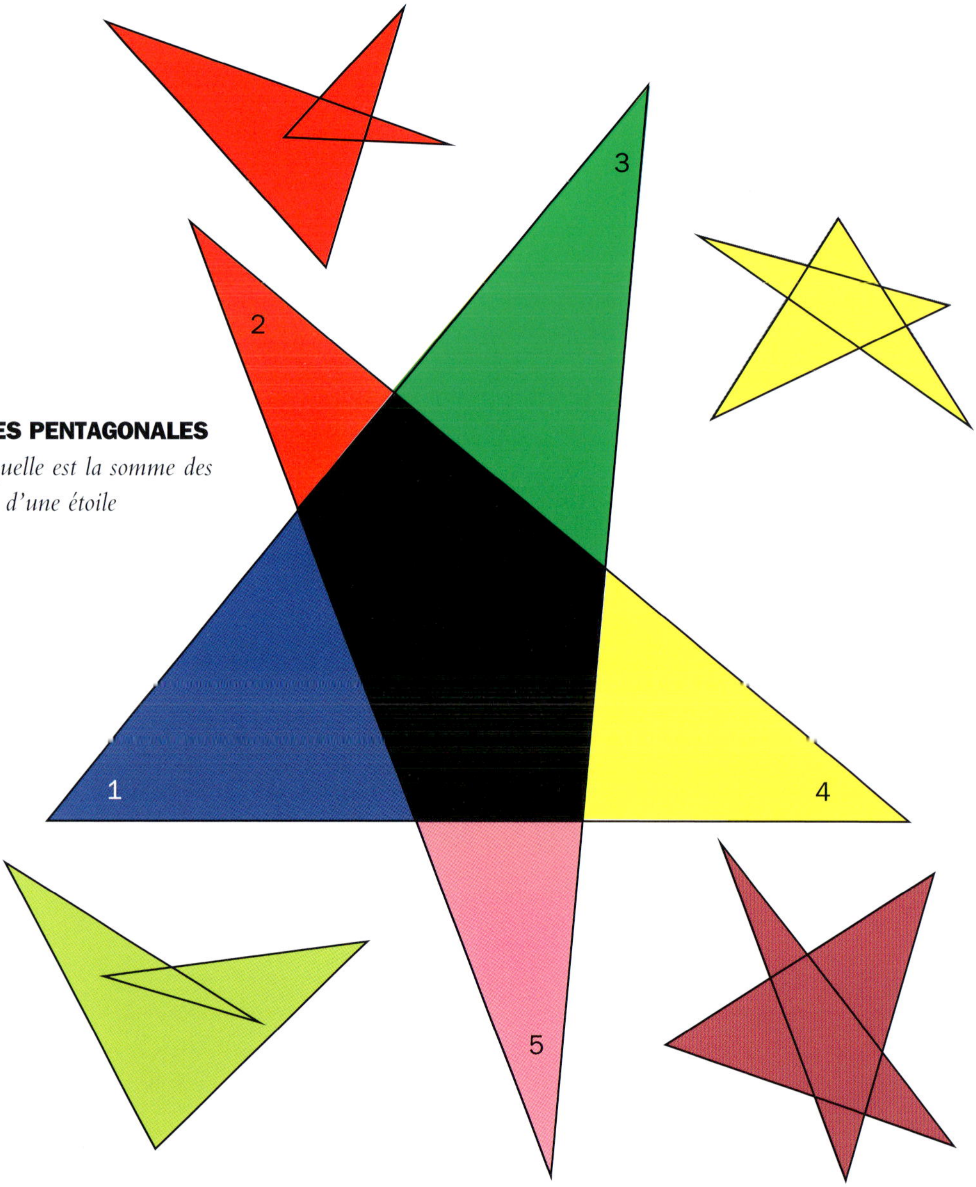

▶ ANGLES D'ÉTOILES PENTAGONALES

Pouvez-vous prouver quelle est la somme des cinq angles sommitaux d'une étoile pentagonale ?

RÉPONSE PAGE 123

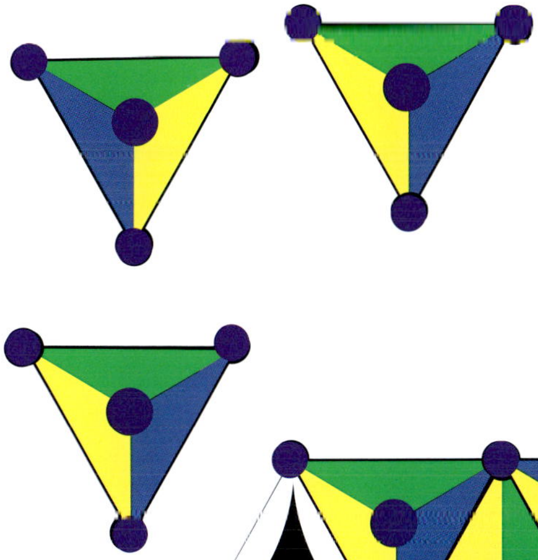

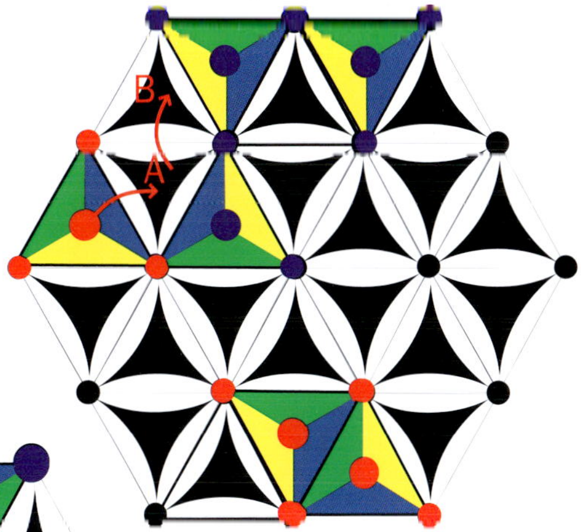

Exemple de partie : le mouvement A est le prochain mouvement du rouge.
Le mouvement B est le mouvement bonus.

Positions de départ sur le jeu.

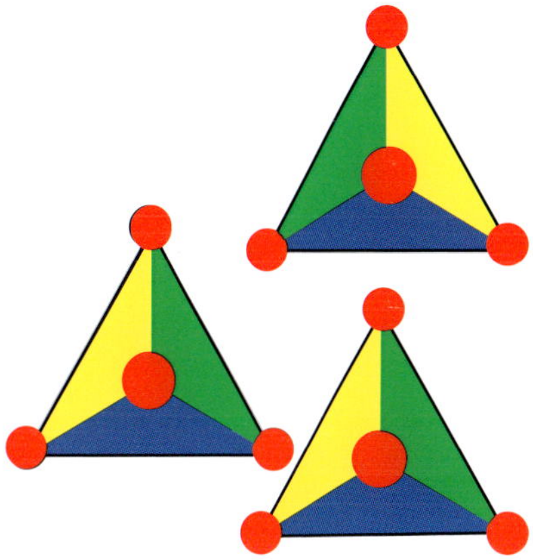

▲ JEU DES TRIANGLES PIVOTANTS

Chaque joueur dispose d'un ensemble de trois pions de sa couleur. Le but de chaque joueur est de faire traverser le plateau de jeu à son ensemble de pions. Les joueurs jouent leur tour en faisant pivoter un triangle autour d'un de ses sommets lorsqu'un tel mouvement n'est pas rendu impossible par un autre pion. Le pivotement doit être de 60 degrés.

Si une rotation s'achève avec une correspondance de couleur sur un même côté (même entre pions adverses), le joueur peut jouer un tour supplémentaire (voir l'exemple ci-dessus). Si ce déplacement amène une nouvelle correspondance, un nouveau tour gratuit est accordé et ainsi de suite.

Qu'est-ce qui est le plus difficile ? Définir les différentes façons de diviser une forme ou réassembler des surfaces désordonnées ? Les problèmes de ces pages vous aideront à faire votre choix.

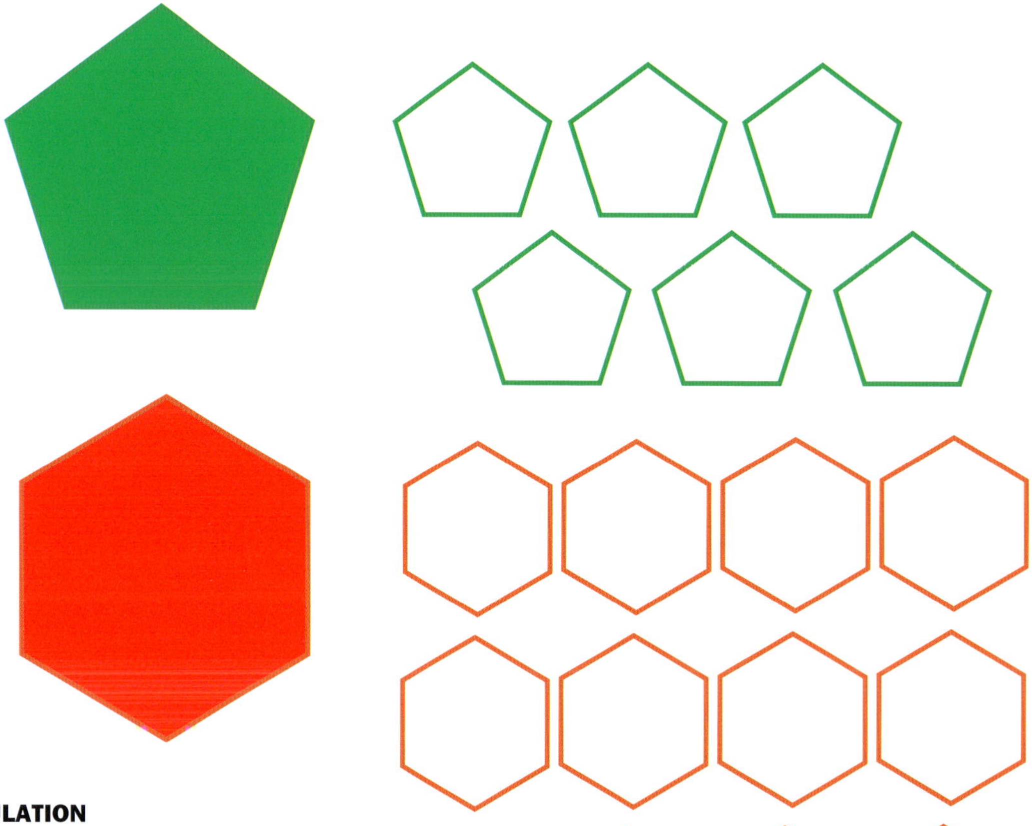

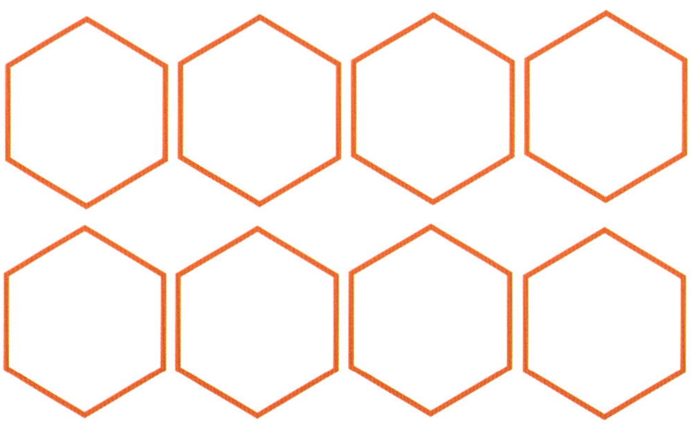

▶ TRIANGULATION

De combien de manières pouvez-vous couper un hexagone et un pentagone réguliers en triangles, avec des coupures droites de coin à coin, sans intersection des lignes de coupe ?

Les rotations et les réflexions doivent être considérées comme différentes pour ce problème, qui porte également le nom de problème de division du polygone d'Euler.

RÉPONSE PAGE 123

▲ COMPTAGE DE CARRÉS

Un masque blanc de taille inconnue a été placé sur un ensemble de carrés de taille identique, aucun carré n'ayant été totalement recouvert.

Combien y-a-t-il de carrés ?

RÉPONSE PAGE 124

Des phénomènes d'apparence aléatoire comme les craquelures dans la boue ou la croissance des bulles de savon peuvent être expliqués par les mathématiques. Sceptique ? Lisez donc...

Structures arborescentes

Une pellicule de savon illustre le système cellulaire, qui recherche une surface à interface minimale. Un type de structure totalement différent est illustré par un simple arbre ou une rivière. De telles structures apparaissent dans la nature lorsqu'une protubérance possède un avantage par rapport aux zones voisines en ce qui concerne l'eau, les minéraux, la chaleur, la lumière ou tout autre chose nécessaire à la croissance. De telles structures apparaissent dans des solides sous l'effet de contraintes, comme des craquelures dans la boue, des décharges électriques, la corrosion et la croissance des cristaux.

Toutes ces structures partent d'un point et croissent de façon linéaire, s'arrêtant lorsque les branches interfèrent avec d'autres.

Les craquelures ont-elles tendance à se couper selon un angle particulier ? Les "îles" créées par les crevasses possèdent-elles une forme particulière ?

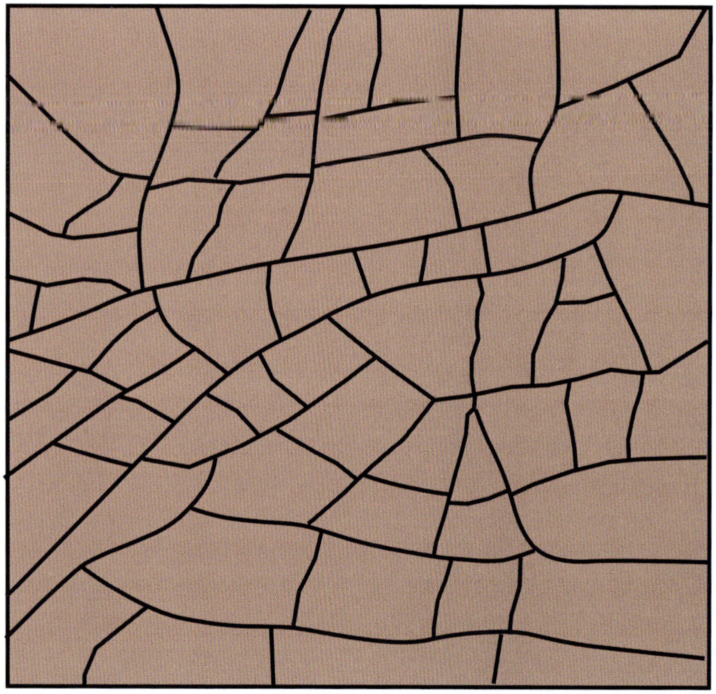

◀ CRAQUELURES DANS LA BOUE

En observant simplement le réseau de craquelures de boue illustré ci-contre, pouvez-vous deviner quelle a été la première fissure ?

RÉPONSE PAGE 124

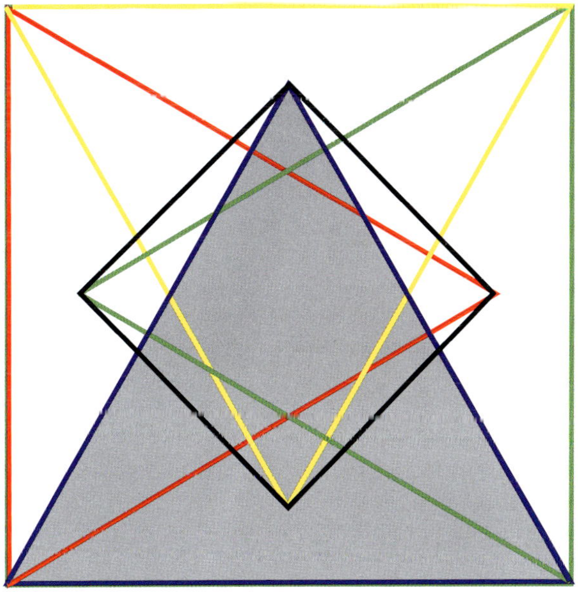

Le carreau de Kurschak est montré par la ligne noire

▶ SURFACE DOCÉCAGONALE

Quatre triangles équilatéraux (rouge, vert, jaune et bleu) sont tracés vers l'intérieur d'un carré externe. En connectant leurs sommets, vous formez un carré interne (en noir). En reliant les points médians de ce carré et les intersections des côtés des triangles, vous faites apparaître un dodécagone régulier, comme illustré. Ce carré, nommé carreau ou tesson de Kurschak, sert à démontrer le théorème de Kurschak : la surface d'un dodécagone inscrit dans un cercle de rayon unitaire est de trois.

En regardant simplement le carreau, à droite, pouvez-vous prouver la relation entre la surface du dodécagone noir et le carreau de Kurschak ?

RÉPONSE PAGE 124

Coupez un carré en deux : vous obtenez deux triangles. Coupez encore, et vous obtenez plus – comme un magicien fait apparaître des colombes. Regardez si vous pouvez faire un peu de magie avec ces triangles.

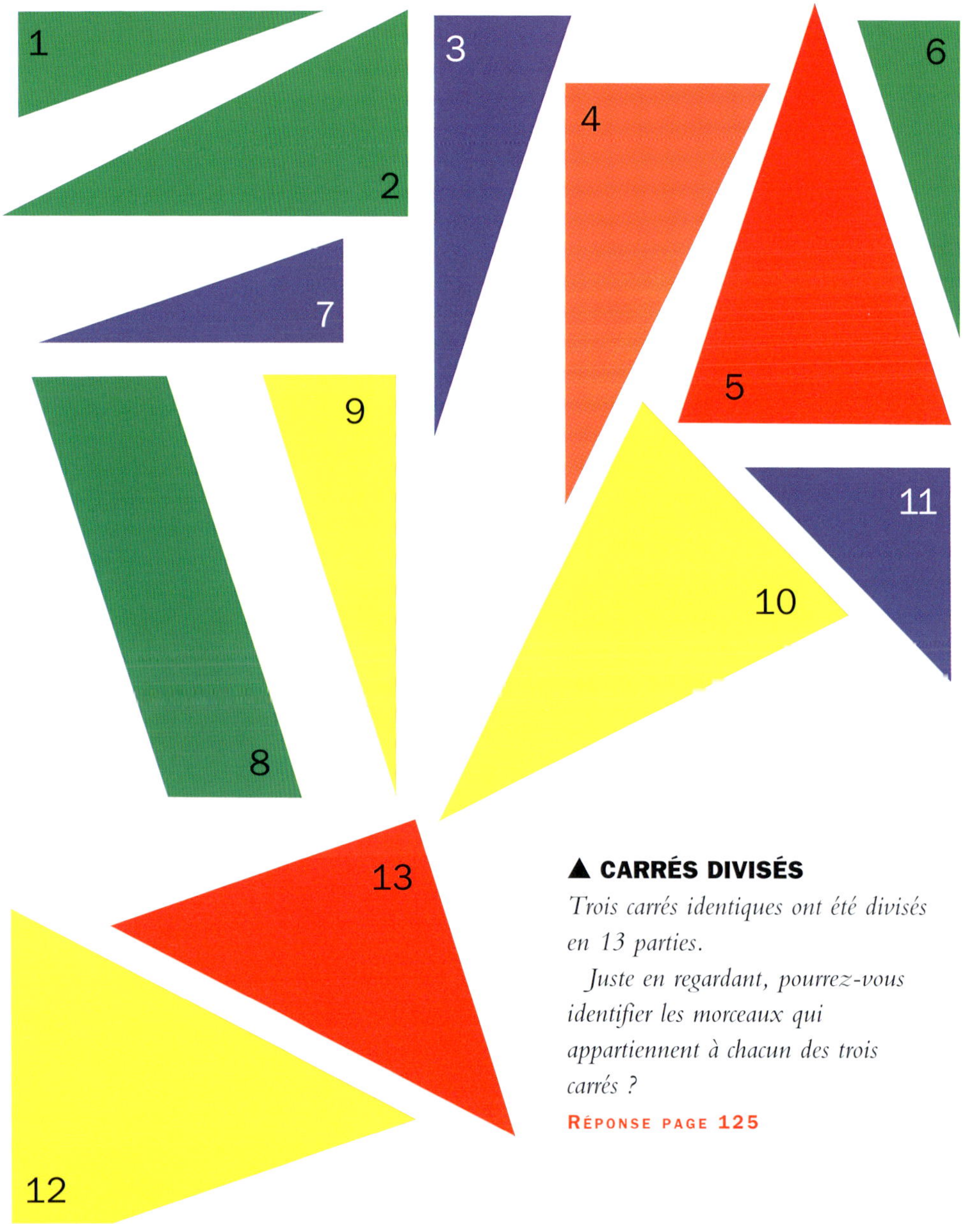

▲ CARRÉS DIVISÉS

Trois carrés identiques ont été divisés en 13 parties.

Juste en regardant, pourrez-vous identifier les morceaux qui appartiennent à chacun des trois carrés ?

RÉPONSE PAGE 125

◀ CARRÉ ÉTOILÉ

Combien de motifs différents pourriez-vous créer en colorant les paires de bandes partant de chaque coté et de chaque coin, à l'aide de quatre couleurs distinctes ?

Un exemple de coloration est montré à gauche.

Les rotations des carrés ne sont pas considérées comme des solutions différentes.

RÉPONSE PAGE 125

Nous sommes environnés de motifs, que nous les recherchions délibérément ou que nous les découvrions par accident. Certaines des découvertes scientifiques les plus importantes ont été accompagnées de motifs magnifiques.

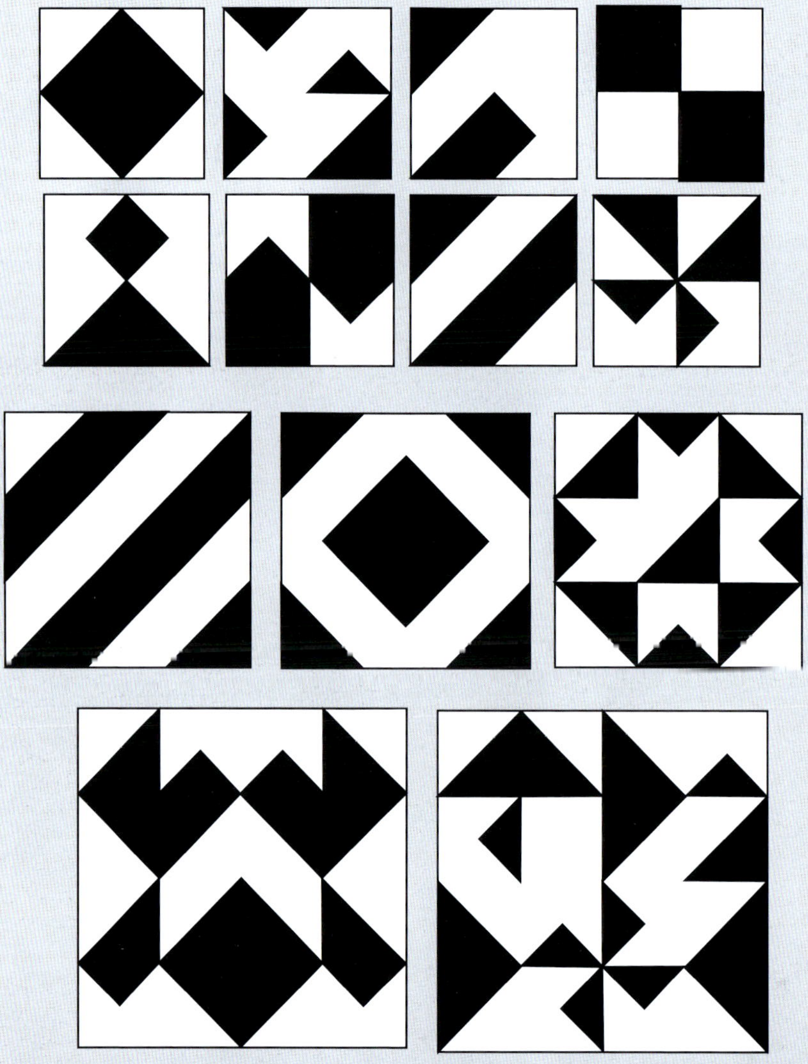

▲ FORMES ET MOTIFS

Lequel des cinq carrés ci-contre n'a pas été employé pour créer les motifs ci-dessus ? (il n'y a eu aucune superposition)

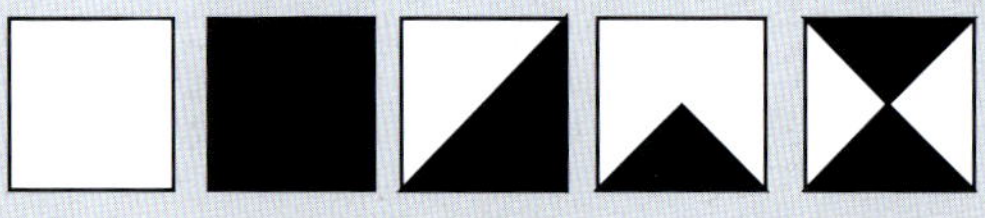

RÉPONSE PAGE 125

▼ ANIMALERIE

Seize aquariums avec quatre types de poissons, chacun de quatre couleurs, ont été arrangés dans une animalerie selon l'arrangement de 4 par 4 illustré. Le propriétaire du magasin décide de concevoir un arrangement plus esthétique de façon à avoir quatre poissons différents de quatre couleurs différentes dans chaque colonne horizontale ou verticale.

Pouvez-vous savoir comment il a procédé ?

RÉPONSE PAGE 126

Visualiser la réponse à un problème impliquant la symétrie peut parfois paraître complexe. Ne tentez toutefois pas d'employer un miroir – vous pouvez y parvenir sans aide.

◀ LIGNES DE SYMÉTRIE

Lequel des motifs ci-contre ne possède pas huit lignes de symétrie ?

RÉPONSE PAGE 127

Une goutte d'eau contient plusieurs milliers de millions de millions d'atomes. Chaque atome possède un diamètre d'un cinq cent millionième de centimètre. Nous nous émerveillons ici devant cette création. Mais cela ne s'arrête pas là. Dans l'atome se trouve des électrons, bien plus petits encore et orbitant, comme les planètes autour du soleil, dans un espace qui, relativement à leur taille, n'est pas plus encombré que le système solaire."

Sir Arthur Eddington,

▲ GOUTTE ROUGE

Une goutte d'eau, teintée de rouge, tombe dans un bol d'eau. Après sa chute dans le bol, pourrez-vous revoir la goutte rouge ?

RÉPONSE PAGE 128

Mécanique des fluides

Le terme général "fluide" convient à toute substance non rigide. Un fluide ne possède ni longueur ni forme définie. Les liquides et les gaz sont donc des fluides, qui ne possèdent qu'un volume. Une autre distinction peut être faite entre fluides et gaz : un liquide possède une surface. En d'autres termes, les forces de liaison entre les molécules de liquide sont suffisantes pour donner un volume défini au liquide. Les gaz ne possèdent pas de volume et remplissent uniformément tout récipient. Les fluides sont plus compressibles que les solides, les gaz étant plus compressibles que les liquides.

La mécanique des fluides constitue une partie essentielle de certaines machines fondamentales ainsi qu'un principe employé dans certains des ordinateurs les plus modernes.

La mécanique des fluides se subdivise en plusieurs spécialités correspondant au type de problème physique étudié. Parmi ceux-ci figurent la théorie des gaz, l'hydrostatique (les liquides au repos), l'hydrodynamique (le déplacement des fluides), l'aérostatique (les gaz au repos) et l'aérodynamique (le déplacement des gaz).

Les liquides au repos constituent un bon point de départ pour l'étude des forces en général. En effet, les forces liées au poids des fluides sont relativement simples.

Pour finir, quelques questions scientifiques. Revêtez votre blouse blanche !

▲ BOUGIE ENFLAMMÉE

Une bougie est placée dans une assiette peine d'eau, allumée et hermétiquement recouverte par une bouteille, comme illustré ci-dessus.

Pouvez-vous prédire les conséquences de cette expérience ?

RÉPONSE PAGE 128

▶ EXPÉRIENCE DE CHIMIE

Les six flacons peuvent être remplis de 7, 9, 19, 20, 21 et 22 unités de liquide. Pour débuter l'expérience, le chimiste doit remplir certaines fioles de liquide rouge, puis d'autres de liquide bleu, en laissant un flacon vide. Lorsque les bons flacons seront remplis, il aura employé deux fois plus de liquide bleu que de liquide rouge.

Pourrez-vous dire quels flacons doivent être remplis de liquide rouge et bleu, et lequel doit rester vide ?

RÉPONSE: PAGE 128

▼ IDENTIFICATION (page 6)

Il ne devrait pas être trop difficile d'identifier la figure triste située vers le coin supérieur droit.

Le système de perception humain est conçu pour détecter un élément qui se différencie d'une multitude d'éléments identiques, sans nécessiter de recherche systématique. Ce principe est employé lors de la conception des tableaux de bord d'avions, de voitures, etc. Dans des circonstances normales, lorsque tous les indicateurs pointent dans la même direction, toute modification est rapidement repérée.

▼ GARÇONS ET FILLES EN LIGNE (page 6)

▼ MOTIFS DE MOSAÏQUE (page 7)

Même si vous pourriez penser avoir besoin de deux formes pour chaque motif, seule une est nécessaire dans chaque cas. Par exemple, pour le motif supérieur, vous pourriez partir d'un fond jaune et employer de multiples copies du fragment pourpre montré ici.

▼ BOWLING (page 8)

Vous devez choisir parmi six personnes. Quelqu'un doit venir en premier. Vous choisissez ensuite le second parmi cinq possibilités. Vous retenez le troisième parmi les quatre joueurs restants. Il reste ensuite trois choix possibles pour le dernier joueur.

Il existe donc $6 \times 5 \times 4 \times 3 = 360$ équipes possibles.

▼ ACROBATES 1 (page 9)

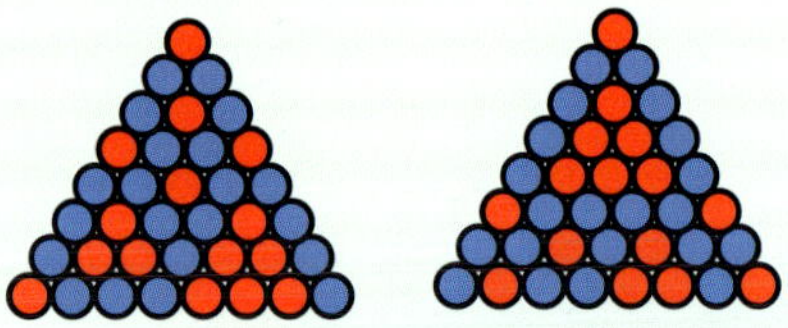

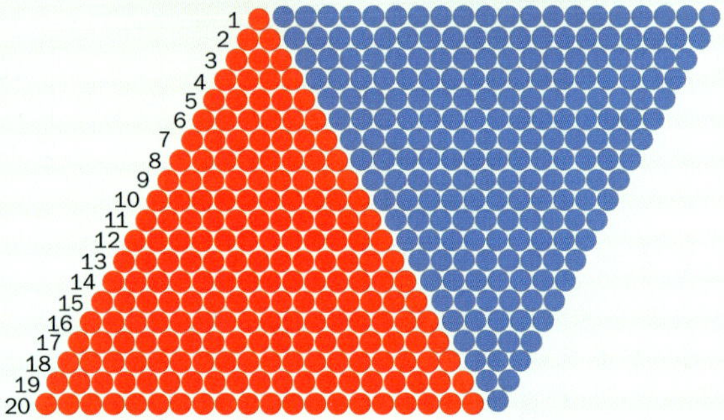

▲ ACROBATES 2 (page 9)

Imaginez deux pyramides, dont une est inversée (voir ci-dessus). Il est facile de voir qu'il s'agit d'un rectangle penché ou parallélogramme de 20 lignes contenant chacune 21 acrobates. Cela donne 420 acrobates pour les deux pyramides. Chaque pyramide contient donc 210 acrobates.

▼ POUSSÉE D'ARCHIMÈDE (page 10)

Si le volume d'eau déplacé avait été identique dans les deux cas, la couronne aurait été en or massif.

Mais tel n'était pas le cas. La couronne a déplacé plus d'eau, ce qui prouve qu'elle est constituée d'un alliage moins dense que l'or, dont le volume est supérieur à celui de l'or massif.

La couronne était donc fausse et la renommée d'Archimède a continué à se répandre avec ses nombreuses autres découvertes.

La découverte du fait qu'un corps plongé dans un liquide subit une poussée dirigée vers le haut (il devient plus léger) due à la force, nommée flottabilité, égale à la masse du volume de liquide déplacé, a donné naissance à la science de l'hydrostatique.

Cette méthode a été employée depuis la découverte d'Archimède pour identifier des métaux ou des pierres précieuses et mesurer la densité de matériaux. Il est possible de comparer la masse d'une substance à celle du volume d'eau déplacé grâce à la poussée d'Archimède.

Le rapport de ces masses porte le nom de gravité spécifique du corps :

$$\text{gravité spécifique} = \frac{\text{masse de l'objet}}{\text{masse du volume d'eau équivalent}}$$

▼ ÉQUILIBRE ET FLOTTABILITÉ (page 11)

Le poids submergé est soumis à une force de flottabilité égale à la masse du volume d'eau déplacé par le poids. Vous seriez tenté de dire que, pour rétablir l'équilibre, il faut ajouter cette masse au côté droit.

Est-ce toutefois suffisant ?

Selon la troisième loi de Newton, la force exercée par l'eau du récipient sur le poids submergé est exactement égale à la force exercée par le poids sur l'eau dans la direction opposée.

Par conséquent, lorsque le poids diminue du côté droit de la balance, il augmente du côté gauche.

Pour rétablir l'équilibre, un poids égal à 2M doit être ajouté, M étant la masse du volume d'eau déplacé par le poids submergé.

▶ MOTIFS APPARIÉS (pages 12 and 13)

1	2	3	4	5
6	7	8	9	10
11	12	13	14	15
16	17	18	19	20
21	22	23	24	25
26	27	28	29	30

5	27	13	28	8
30	11	18	3	20
23	16	7	15	29
2	17	10	6	26
9	14	22	1	24
21	4	19	25	12

▼ MENU À TROIS PLATS (page 16)

Vous avez deux choix pour le premier plat. Quel que soit celui que vous choisissez, vous avez trois possibilités pour le second plat. Et, dans tous les cas, vous disposez de deux choix pour le dessert.

La solution est le produit du nombre de choix :

$2 \times 3 \times 2 = 12$ repas à trois plats.

▼ LOTO (page 17)

Le nombre de façons est déterminé par la formule générale (voir page 15) du nombre de combinaisons de *n* objets (ici des nombres) pris à raison de *k* à la fois.

$${}_{n}C_{k} = \frac{n!}{k!\,(n-k)!} = \frac{54!}{6!\,(54-6)!}$$

$$= \frac{54 \times 53 \times 52 \times \ldots \times 3 \times 2 \times 1}{(6 \times 5 \times 4 \times 3 \times 2 \times 1) \times (48 \times 47 \times 46 \times \ldots \times 3 \times 2 \times 1)}$$

$$= 25\ 827\ 165$$

▼ TABLE RONDE (page 18)

Il n'existe qu'une seule solution possible, montrée ci-contre. Le nombre de solutions augmente avec le nombre de couples, comme montré ici jusqu'à 10 couples :

n = 3 1
n = 4 2
n = 5 13
n = 6 80
n = 7 579
n = 8 4738
n = 9 43387
n = 10 439792

Dans la littérature des mathématiques récréatives, ce problème est connu sous le nom de problème des ménages.

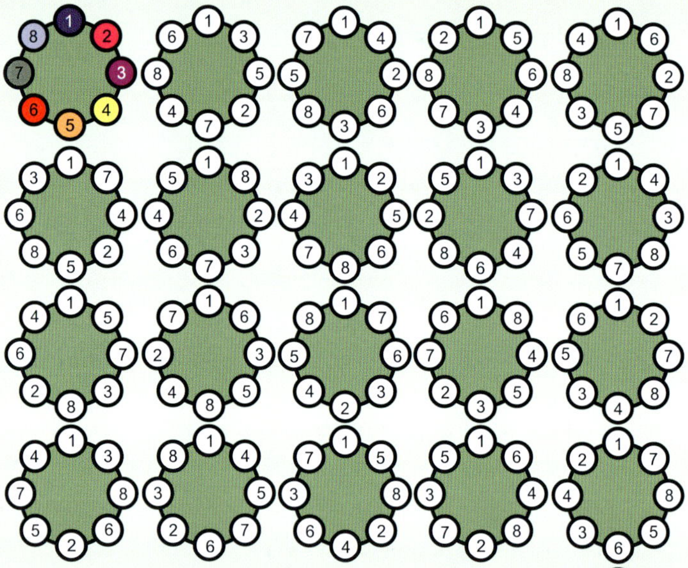

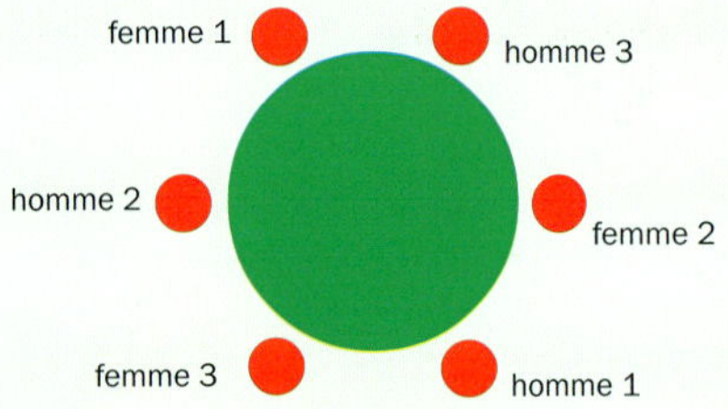

▲ CHEVALIERS DE LA TABLE RONDE (page 19)

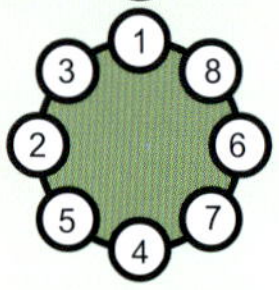

Le problème général pour *n* chevaliers :

$$\frac{(n-1)(n-2)}{2}$$

$$\frac{(8-1)(8-2)}{2} = \frac{7 \times 6}{2} = 21$$

▼ CORNETS DE GLACE (page 21)

Il existe six façons différentes d'ordonner les boules dans le cornet soit 3! (factoriel 3), si bien que la probabilité d'obtenir les boules dans votre ordre préféré est de une sur six.

▼ CARROUSELS D'ANIMAUX (page 20)

Il existe quatre solutions différentes, dont une est présentée ici.

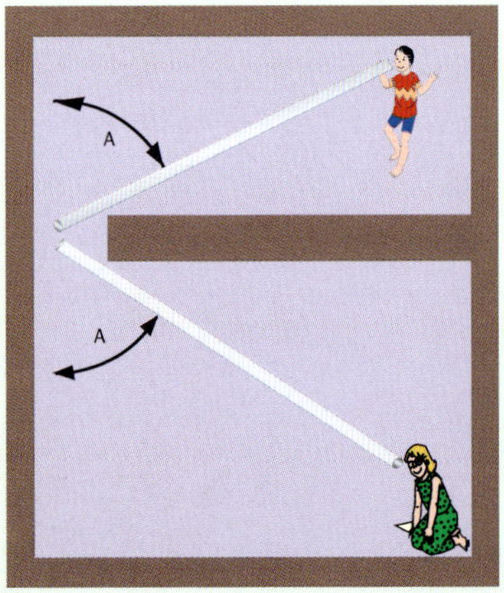

◀ TUBES MURMURANTS (page 22)

Le son voyage par ondes, comme la lumière, il est sujet aux mêmes lois de la réflexion.

Pour que les enfants s'entendent le mieux, les deux tubes doivent être placés de telle façon que les angles entre eux et avec le mur soient égaux.

Le son est alors réfléchi par le mur selon un angle égal à l'angle d'incidence par lequel il le frappe.

▼ PRINCIPE DE PASCAL (page 23)

Vous devez vous rappeler que si une presse hydraulique est capable d'exercer une énorme pression, cela se fait au prix d'une distance. Ainsi, chaque unité de mouvement du grand piston correspond ici à sept unités de mouvement du petit piston.

La pression employée sur le petit cylindre est de 7 grammes et le poids soulevé par cette pression est de 49 grammes, soit sept fois plus.

▼ POLYGONES ET LIGNES (page 24)

Régulier : 6, 12
Ouvert : 1, 8
Fermé : 2, 3, 4, 5, 6, 7, 9, 10, 11, 12
Simple : 4, 5, 6, 10, 11, 12
Complexe : 2, 3, 7, 9
Composé : 3, 9
Convexe : 5, 6, 10, 12
Non-convexe : 1, 2, 3, 4, 7, 8, 9, 11

▼ POLYGONES CROISÉS (page 25)

Problème 1

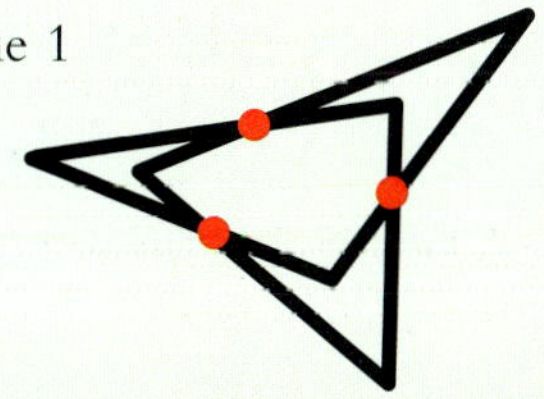

Problème 4

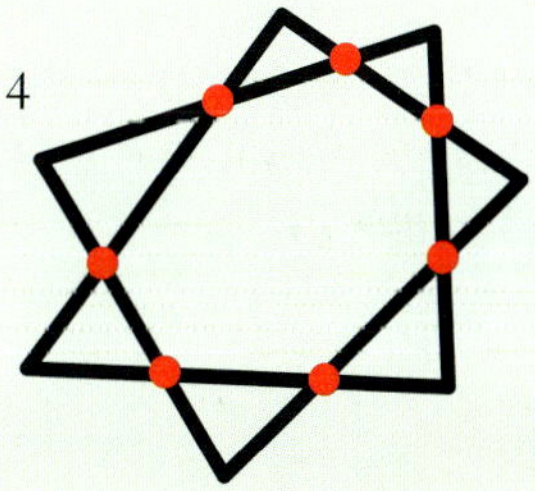

Les problèmes 2 et 3 sont impossibles.

▶ INTERSECTIONS DE CORDES (page 26)

Les cordes communes de trois cercles qui se coupent se rencontrent toujours en un point. De ce fait, avec trois ensemble de trois cercles, les trois points vont former un triangle.

▼ CERCLES À L'INFINI (page 27)

Un cercle orange possède un rayon inférieur de moitié à celui du cercle jaune extérieur. D'après la formule de la surface d'un cercle, sa surface est donc le quart de celle du cercle jaune.

Comme il y a toutefois deux cercles orange, ceux-ci occupent la moitié de la surface du cercle jaune – y compris tous les autres cercles colorés.

Le même raisonnement peut être appliqué à toutes les autres couleurs.

Les surfaces des cercles (y compris les surfaces intérieures) sont donc :

Cercle jaune	1 unité de surface
Cercles orange	½ unité de surface
Cercles rouges	¼ unité de surface
Cercles verts	⅛ unité de surface
Cercles bleus	1/16 unité de surface
Cercles noirs	1/32 unité de surface

▼ TRANSPARENCE (page 28)

Un motif vertical rouge et vert en zigzag, comme montré ici.

▼ STOMACHION D'ARCHIMÈDE (page 29)

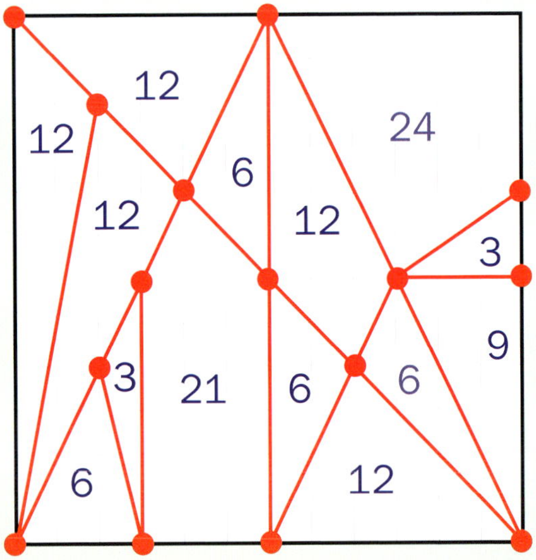

Numéro de la pièce	1	2	3	4	5	6	7	8	9	10	11	12	13	14
Surface (en carré unitaire)	12	12	24	12	6	12	3	21	6	6	6	3	9	12

▼ TRANSFORMATIONS DE POLYGONES EN ÉTOILES 1 (page 30)

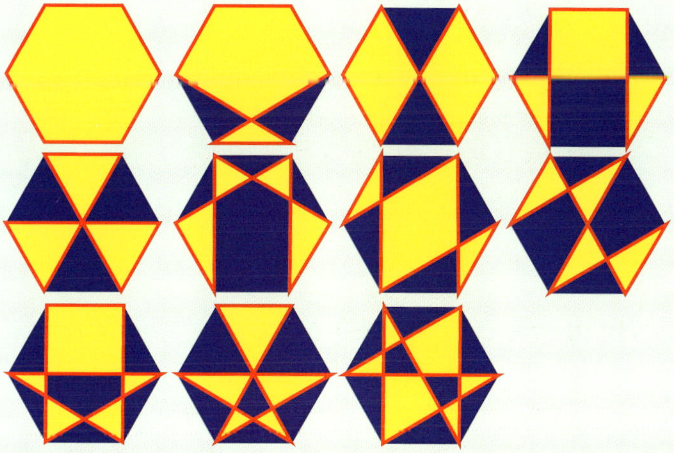

◀ **TRANSFORMATIONS DE POLYGONES EN ÉTOILES 2 (page 31)**

▼ **TRANSFORMATIONS DE POLYGONES EN ÉTOILES 3 (page 32)**

Vous pouvez dessiner 23 étoiles heptagonales symétriques irrégulières différentes sur l'heptagone régulier. En avez-vous trouvé au moins 14 ?

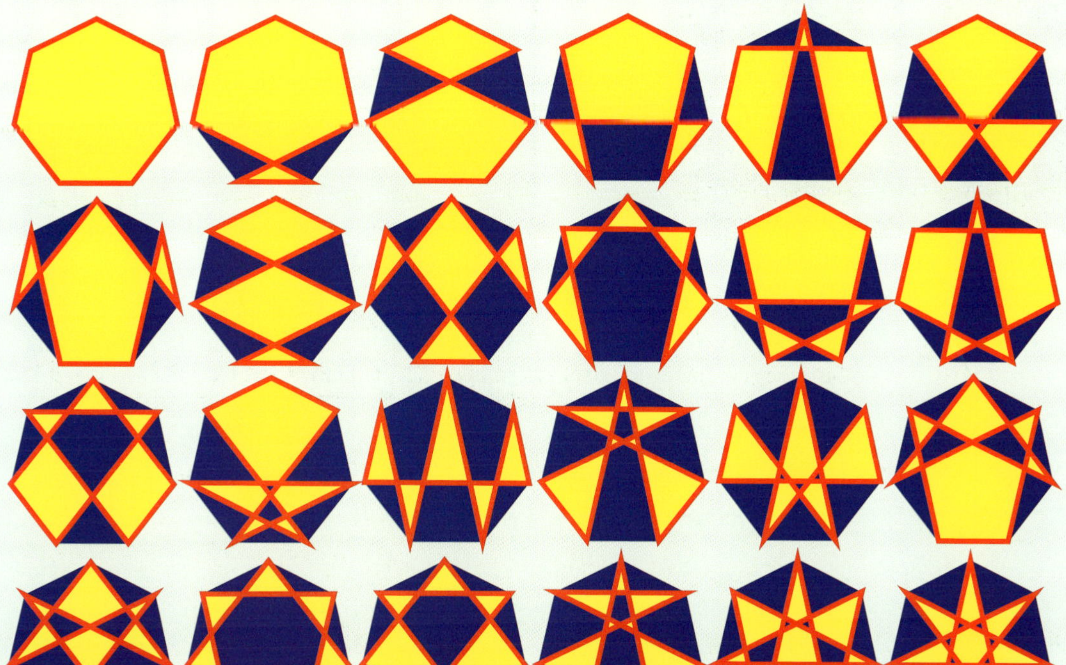

▼ CHAÎNE DE PERLES BICOLORES (page 33)

Il existe quatre couplets possibles : Rouge-Rouge ; Rouge-Bleu ; Bleu-Bleu ; Bleu-Rouge.

La chaîne bicolore la plus longue dans laquelle aucun couplet n'est répété possède une longueur de cinq :

Il existe huit triplets possibles. La chaîne bicolore maximale sans répétition de triplet est de longueur 10 :

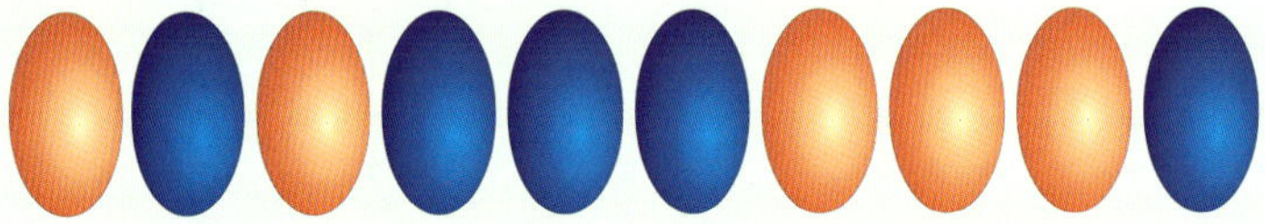

▼ ÉTOILES HEXAGONALES (page 34)

L'étoile hexagonale irrégulière n'apparaît qu'une fois, toutes les autres allant par paires.

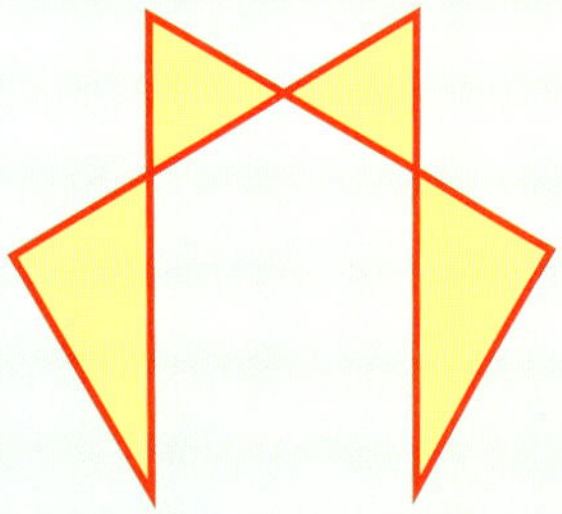

▼ CHEMIN ARC-EN-CIEL (page 35)

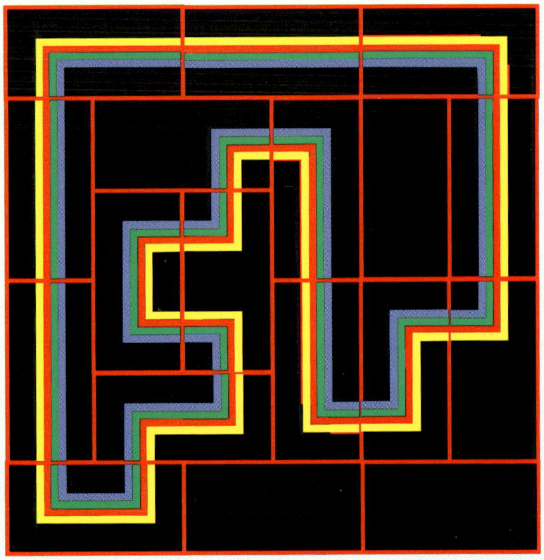

▼ AUTOMATE DE FREDKIN (page 36)

Le motif initial de trois cellules rouges se transforme après quatre générations en quatre répliques identiques, comme montré.

L'automate cellulaire de Fredkin possède une fascinante propriété : c'est un mécanisme auto-répliquant. Chaque configuration initiale se réplique, après un certain nombre de générations, en 4, 16, puis 64 copies identiques.

Edward Fredkin, du MIT, a créé ce système en 1960.

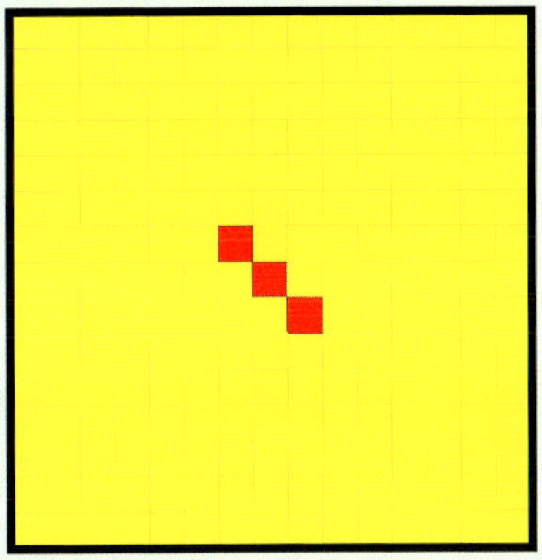
1

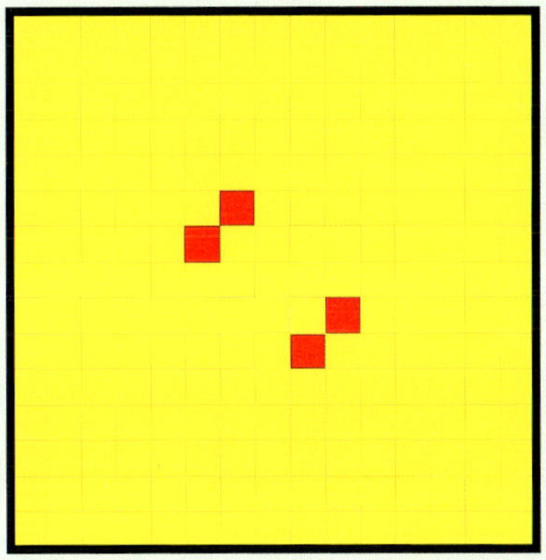
2

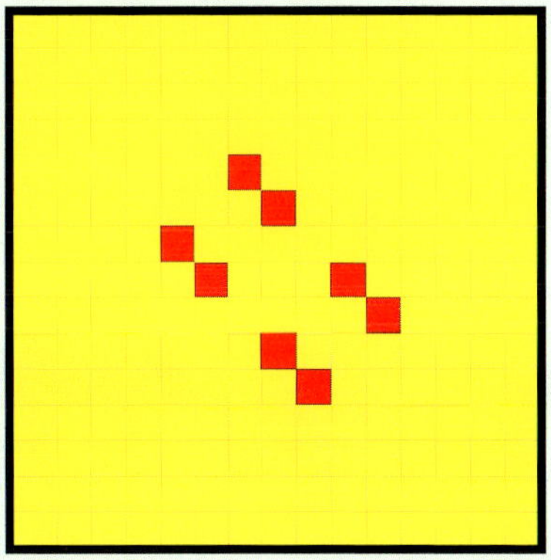
3

4

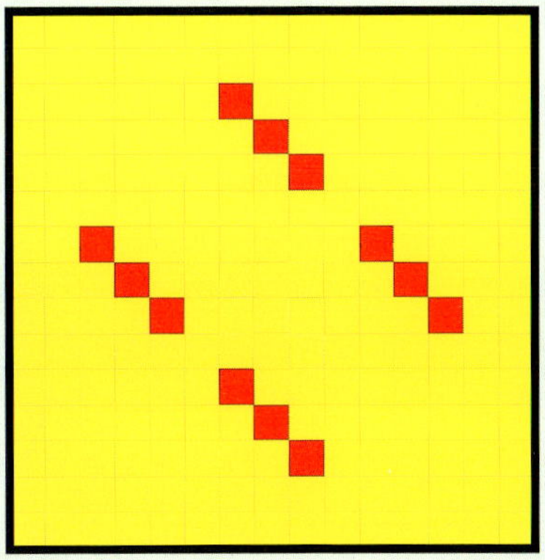
5

▼ DEMI-NOEUD (page 37)

Le noeud va disparaître. Cela se produit également en ne passant qu'une fois la corde dans la boucle.

Le bout de la corde doit passer trois fois dans la boucle pour former un nouveau noeud, qui ne sera pas identique à l'original mais sera son image miroir.

▼ VOISINAGE OPTIMAL (page 38)

Pour tout nombre pair de maisons le long d'une rue droite, toute maison située entre les deux maisons médianes présentera une distance totale minimale vers tous vos amis.

Si le nombre de maisons est impair, la maison du centre sera l'emplacement à retenir.

Ce problème a été présenté par J. Butcharts et Leo Moser en 1952.

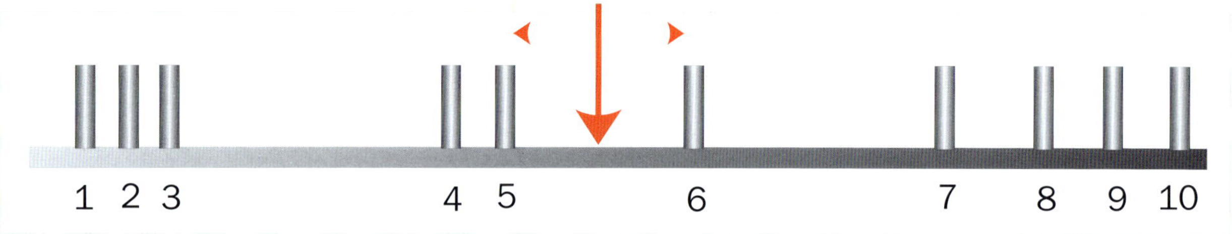

▶ ANNEAU DE SAVON (page 39)

La surface minimale créée porte le nom de caténoïde.

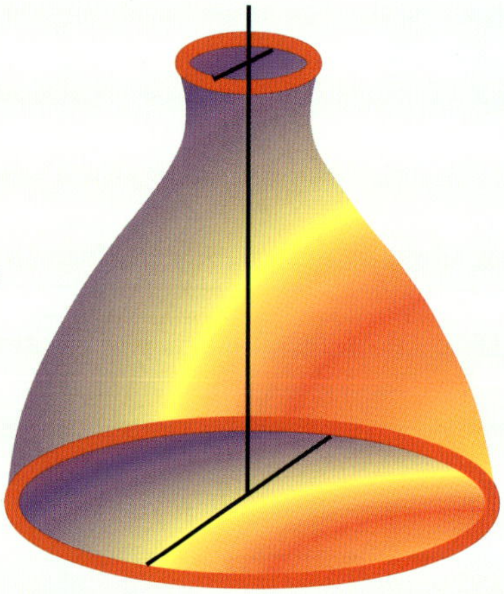

▶ DROITIER ET GAUCHER (page 40)

N est le nombre d'écoliers à la fois gauchers et droitiers.

Sept fois plus sont uniquement gauchers, et neuf fois plus uniquement droitiers.

Le nombre total d'enfant est donc : $N + 6N + 8N = 15N$.

La proportion de droitiers dans la classe est de 9N sur 15N, soit $3/5$, ce qui est supérieur à la moitié.

Enfants gauchers

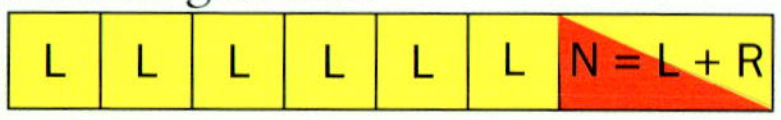

Enfants droitiers

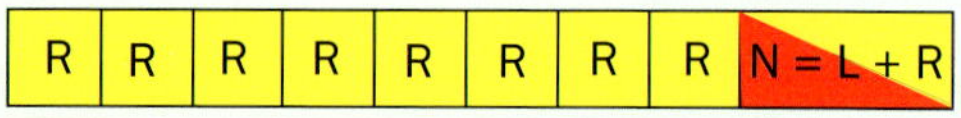

▼ DEUX MILLIONS DE POINTS (page 41)

Nous pouvons choisir un point extérieur au cercle à partir duquel une ligne pivotante parcourt le cercle dans une direction, tandis que nous comptons les points atteints par la ligne jusqu'à atteindre 1 million. La ligne divise alors le cercle avec un million de points de chaque côté de la ligne.

Si, par malchance, la ligne passe sur deux points et saute de 999 999 à 1 000 001, il faut choisir un autre point externe au cercle et recommencer. Le processus réussira obligatoirement à un moment ou à un autre. C'est une version simplifiée de la preuve connue sous le nom de théorème de la crêpe.

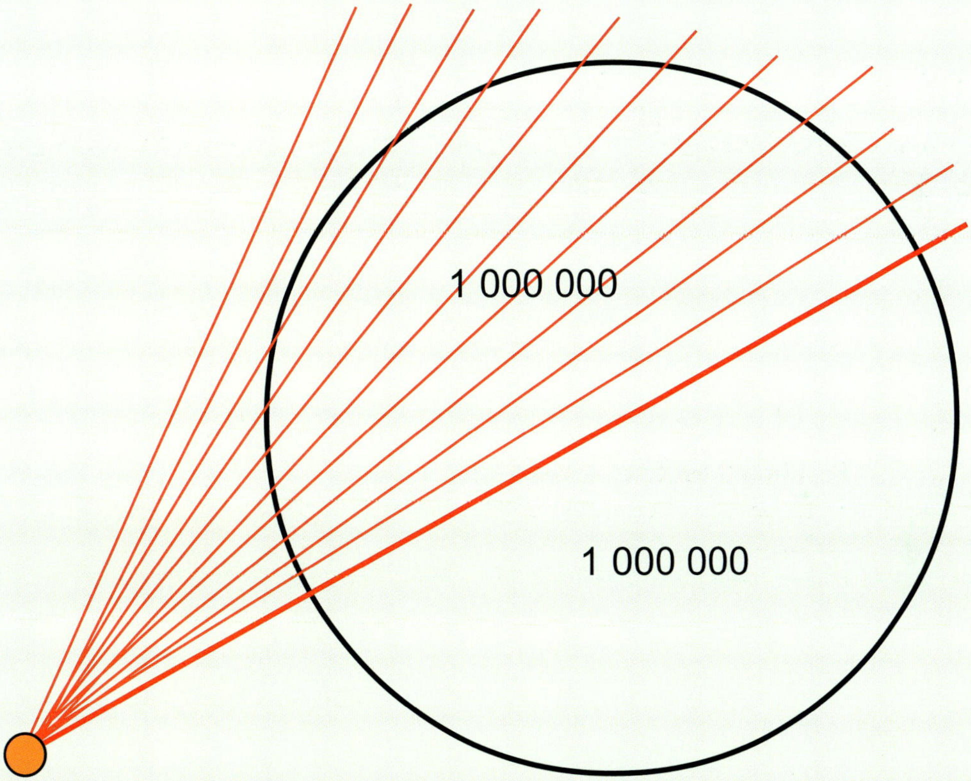

▼ TRIANGLES FLÉCHÉS DE GRAPHIQUE ORIENTÉ (page 42)

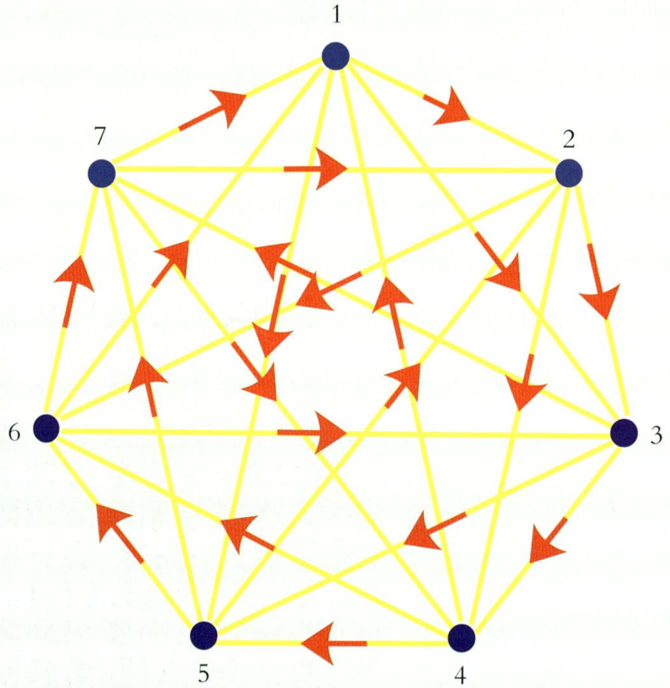

▼ CUBE ÉCHIQUIER (page 43)

Il y a 8 × 8 × 8 cubes individuels.
Il y a 7 × 7 × 7 cubes de 2 × 2.
Il y a 6 × 6 × 6 cubes de 3 × 3.
Et ainsi de suite jusqu'à un grand cube de 8 × 8.

Total = $8^3 + 7^3 + 6^3 + 5^3 + 4^3 + 3^3 + 2^3 + 1^3 = 1296$.

Une formule alternative permet de parvenir à la même réponse :

Somme des cubes de 1 à n

$$= \left[\frac{n}{2} \times (n + 1)\right]^2$$

= 1296 si n = 8

▶ ANNEAU ROUGE - BLEU - VERT (PAGE 44)

Le Rouge possède la plus grande surface (19 unités), suivi du Vert (18 unités), puis du Bleu (17 unités).

Ce problème est fondé sur le théorème de Bonaventura Cavalieri (1598–1647) : deux triangles ou plus avec une base commune et une hauteur égale possèdent la même surface.

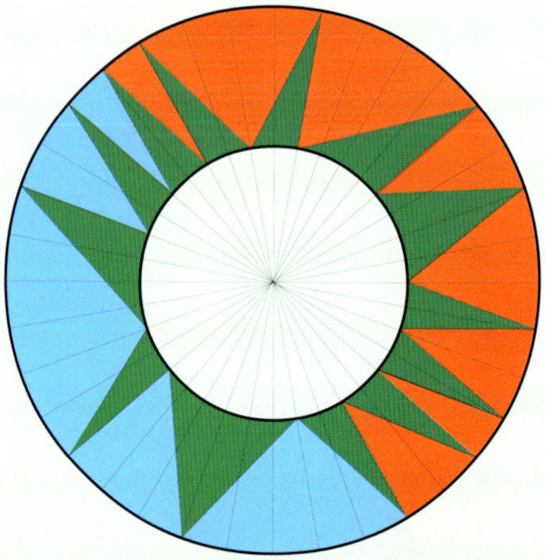

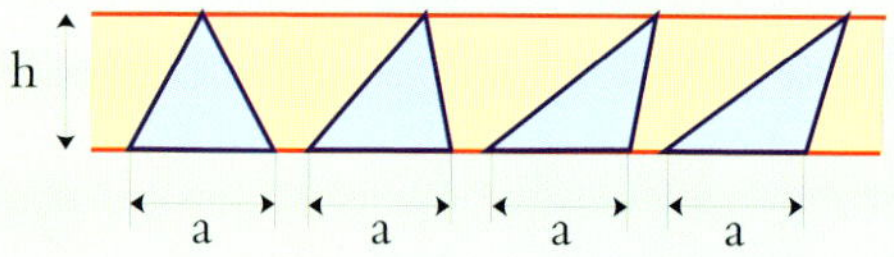

▼ BLOCS ERRANTS (page 45)

Le tesson de Heesch, sur lequel est fondée cette énigme, ne permet pas la couverture d'un plan mais peut être totalement entouré de sept morceaux congruents.

▼ CHATIÈRE (page 46)

La porte rouge 7 et la porte bleue 2 sont les bonnes portes.

Notre jugement est généralement influencé par l'arrière-plan et tente de nous faire choisir une forme plus carrée que celle de l'original.

▼ CONNEXION (page 47)

Une des nombreuses solutions possibles.

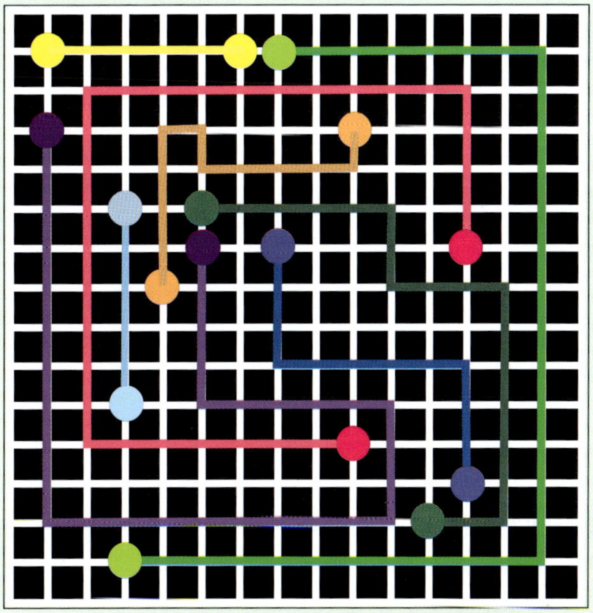

▼ MOT DE PASSE (page 48)

Énigme 1 :

26 choix pour chaque lettre et 10 choix pour chaque chiffre :

$P = 26 \times 26 \times 26 \times 10 \times 10 = 26^3 \times 10^2$
$= 1\,757\,600$

Énigme 2 :

$P = 26 \times 25 \times 24 \times 10 \times 9 = 1\,404\,000$

Énigme 3:

$P = 1 \times 25 \times 24 \times 10 \times 9 = 54\,000$

▼ CAMOUFLAGE (page 49)

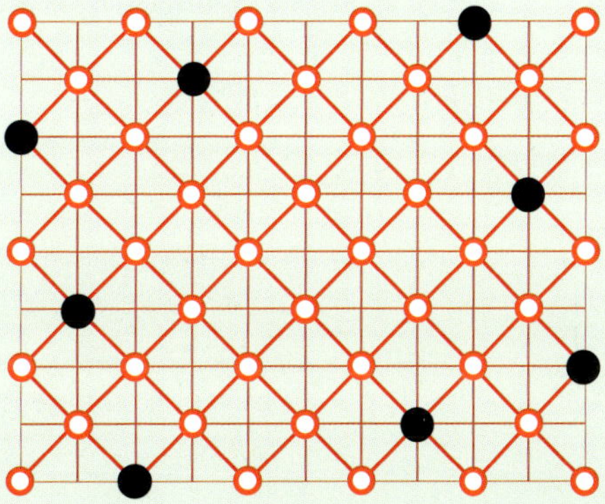

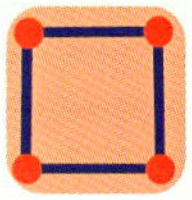

2 par 2

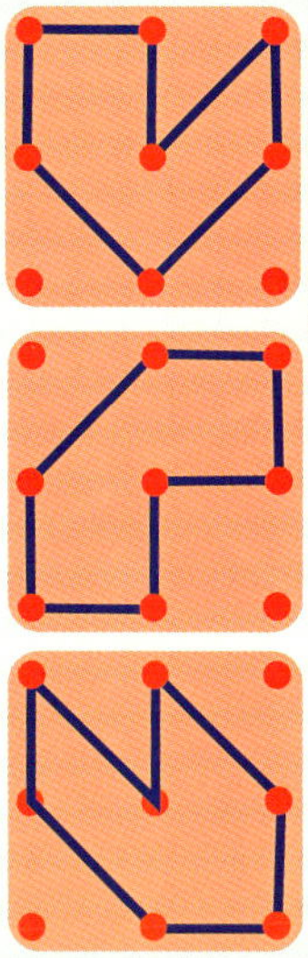

3 par 3

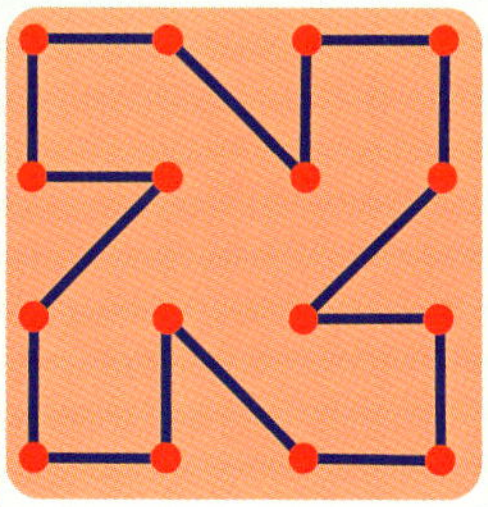

4 par 4

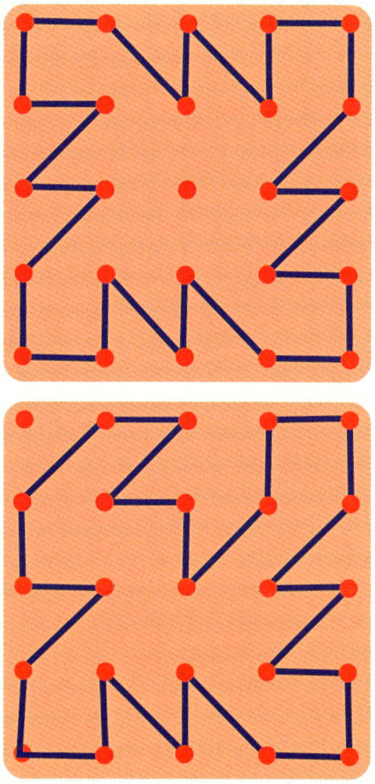

5 par 5

▶ POLYGONES SUR PLATEAU PERFORÉ 1 (page 50)

Quelle que soit la façon dont vous traciez les polygones sur un plateau de 3 par 3, il restera toujours deux fiches libres. Avec un plateau de 5 par 5, il restera toujours une fiche libre, tandis qu'avec un plateau de 4 par 4 aucune fiche n'est inemployée.

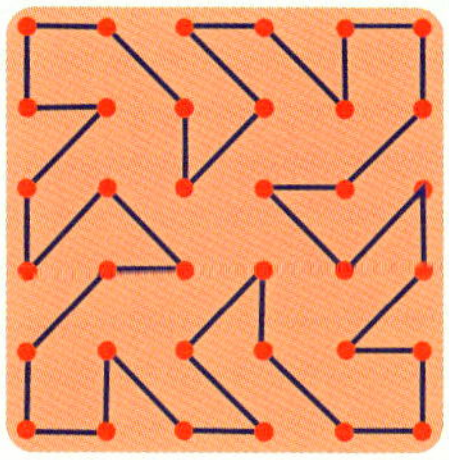

6 par 6

7 par 7

▶ POLYGONES SUR PLATEAU PERFORÉ 2 (page 52)

Il existe d'autres solutions.

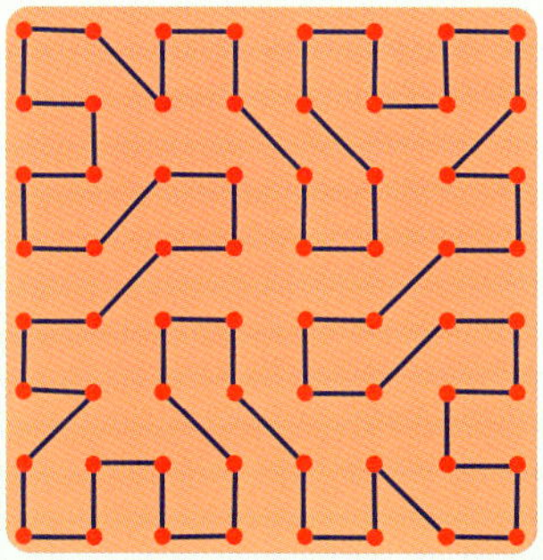

8 par 8

9 par 9

▼ POLYGONES SUR PLATEAU PERFORÉ 3 (page 52)

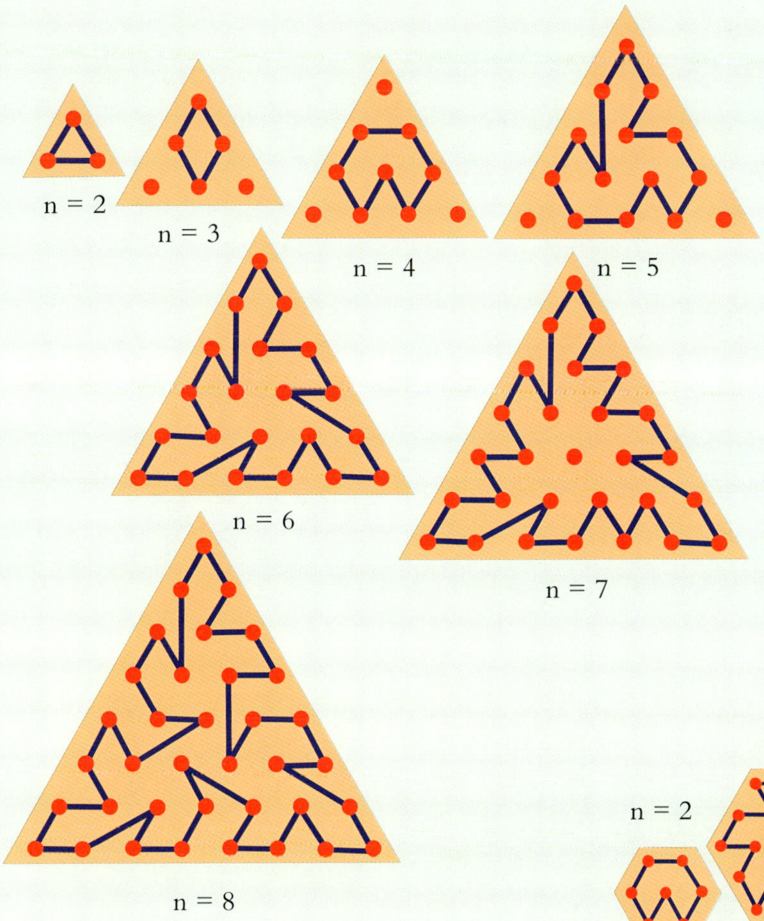

▶ POLYGONES SUR PLATEAU PERFORÉ 4 (page 53)

D'autres réponses sont possibles.

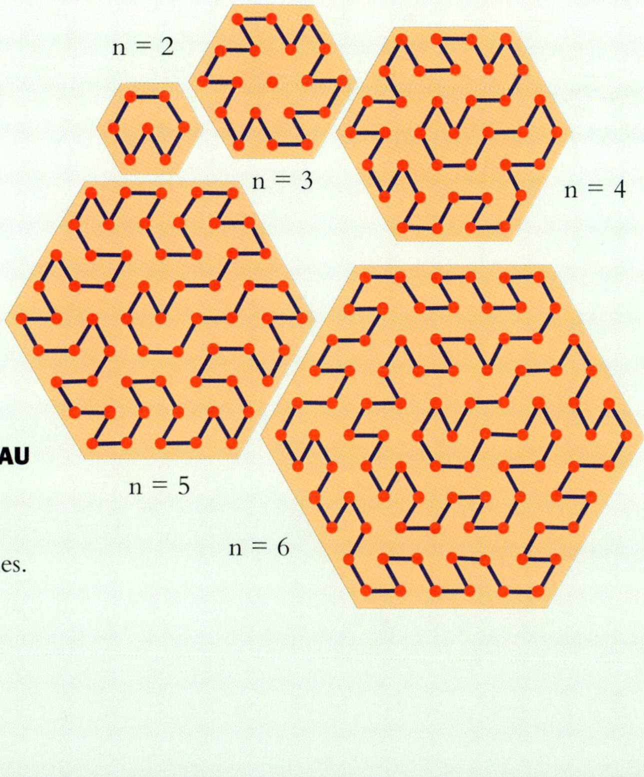

▼ HEXAGONES SUPERPOSÉS (page 54)

Combinés, les quatre hexagones verts ont la même surface que l'hexagone rouge. En doublant la longueur du côté d'un hexagone, vous quadruplez la surface.

Lorsque vous superposez les hexagones verts et rouge, remarquez que vous réduisez la surface des zones verte et rouge du même montant. Il n'y a donc toujours pas de différence entre les surfaces rouge et verte, quels que soient les emplacements des hexagones verts.

▼ TRIANGLES DE TIGES (PAGE 55)

Il existe 20 façons de sélectionner trois tiges parmi les six. Vous pouvez déterminer cela mathématiquement à l'aide d'une des formules rencontrées auparavant :

$$
\begin{aligned}
{}_nC_r &= 6! / (3! \times 3!) \\
&= 6 \times 5 \times 4 \times 3 \times 2 \times 1 / [(3 \times 2 \times 1) \times (3 \times 2 \times 1)] \\
&= 720 / (6 \times 6) \\
&= 20
\end{aligned}
$$

Parmi ces 20 arrangements, vous ne pouvez former de triangle à l'aide des combinaisons 3-4-7, 3-4-8 et 3-5-8, puisque la somme des petits côtés doit être supérieure à celle du grand côté. Il reste donc 17 combinaisons valides.

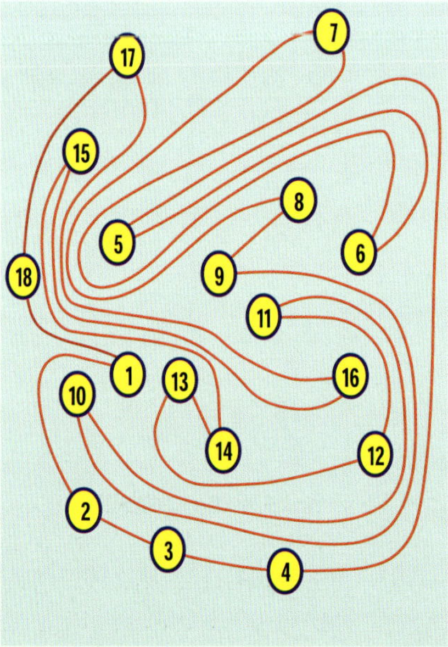

◀ AU SUIVANT (PAGE 56)

Nous avons retenu 18 points pour cette énigme, mais vous pourriez relier n'importe quel nombre de points car vous dessinez en réalité un cercle distordu.

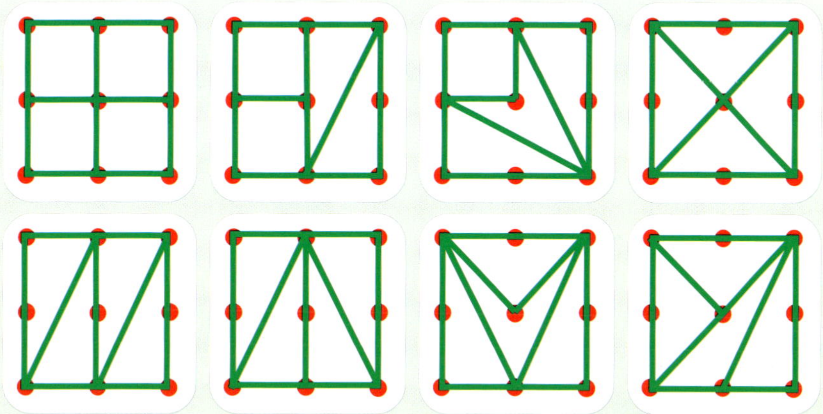

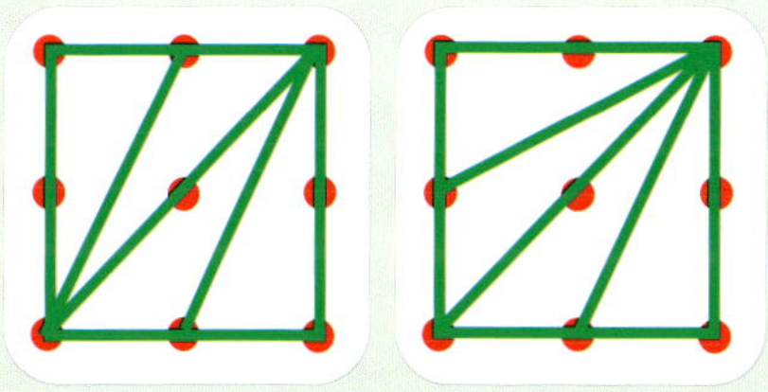

▲ QUADRILATÈRES SUR PLATEAU PERFORÉ (PAGE 57)

Énigme 1) Il existe 16 quadrilatères distincts.
Énigme 2) Il existe 10 façons différentes de diviser le plateau perforé en morceaux de superficie identique.

▼ COMBIEN DE CARRÉS 1 ? (PAGE 58)

23 carrés.

▼ COMBIEN DE CARRÉS 2 ? (PAGE 59)

50 carrés.

▶ SURFACES ET PÉRIMÈTRES ÉGAUX (PAGE 61)

Les quatre formes de gauche possèdent une même surface. Les formes de droite possèdent un même périmètre. Les deux cercles sont identiques et possèdent une même surface et un même périmètre. Les périmètres identiques des trois autres formes de droite délimitent tous une surface inférieure à celle des trois autres formes (les formes ne sont pas représentées ici à l'échelle).

▼ FORMES SUR PLATEAU PERFORÉ 1 (PAGE 62)

La réponse est 7,5 carrés unitaires.

Pour résoudre ce problème, comptez d'abord le nombre de carrés unitaires non divisés dans la zone englobée par l'élastique. Les autres zones peuvent être divisées en triangles, eux-mêmes la moitié d'un rectangle. Les trois carrés englobés par l'élastique sont donc entourés d'un demi-rectangle de 1×2, un demi-rectangle de 1×3 et un demi-rectangle de 1×4. Le cumul de ces surfaces ($3 + 1 + 1,5 + 2$) donne la surface totale de 7,5.

▼ FORMES SUR PLATEAU PERFORÉ 2 (PAGE 62)

Les surfaces des quatre autres formes sont respectivement 17, 9, 10 et 16 carrés unitaires.

La méthode employée lors de la première énigme fonctionne parfaitement pour des formes simples comme celles-ci. Pour des formes plus complexes, le "théorème de Pick" rend facile l'obtention de la solution.

Il suffit de compter les points (fiches) situés à l'intérieur du polygone fermé (N) et le nombre de points sur la frontière (B). La surface totale est :

$$N + \frac{B}{2} - 1$$

Vous pouvez vérifier la validité de cette formule dans nos énigmes.

▼ COMBIEN DE TRIANGLES ? (PAGE 63)

1) 1 triangle
2) 5 triangles
3) 13 triangles
4) 27 triangles
5) 48 triangles
6) 78 triangles

Pour des valeurs paires de n, le nombre total de triangles sera :

$$\frac{n(n + 2)(2n + 1)}{8}$$

Pour des valeurs impaires de n la formule est :

$$\frac{n(n + 2)(2n + 1) - 1}{8}$$

Si votre réponse pour n = 4 était 26, vous avez probablement oublié de compter les grands triangles qui pointent vers le bas de la page.

▼ CARRÉS FICHÉS (page 64)

Il n'existe qu'une solution.

▶ MUSÉE DE CHVATAL (page 65)

Un théorème pour résoudre le problème du musée a été proposé par Vasek Chvatal et Steve Frisk:

Triangulez la totalité du plan et colorez les sommets de chaque triangle avec trois couleurs différentes, les mêmes pour chaque triangle. Les caméras doivent être placées aux points qui possèdent la couleur qui apparaît le moins souvent.

Ce théorème procure le nombre théorique maximum de caméras, mais pas le minimum possible.

Ici, la triangulation indique un maximum de six caméras, mais ce nombre peut en pratique être réduit à quatre, comme illustré.

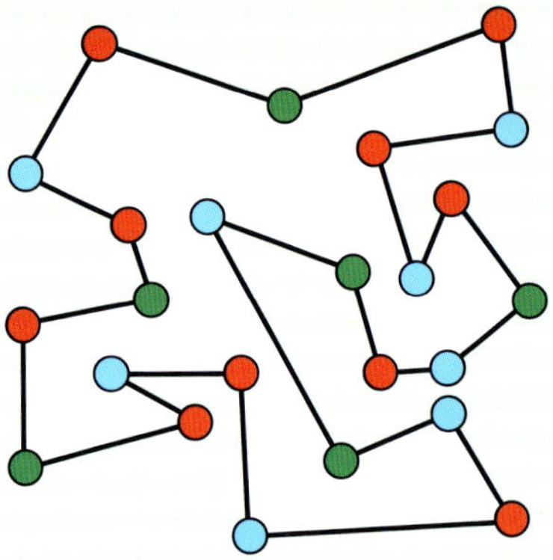

triangulation

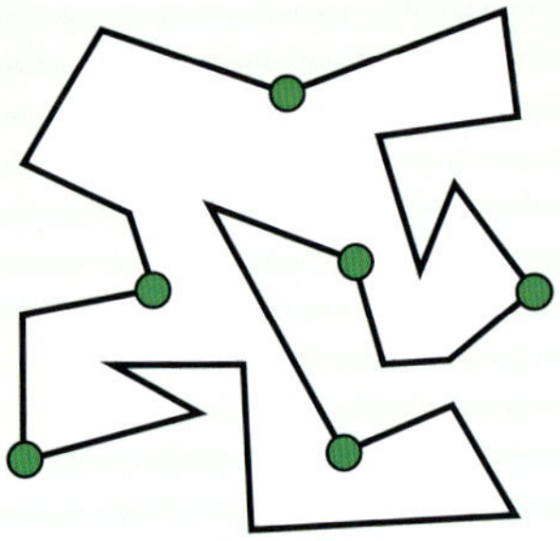

nombre maximum de caméras

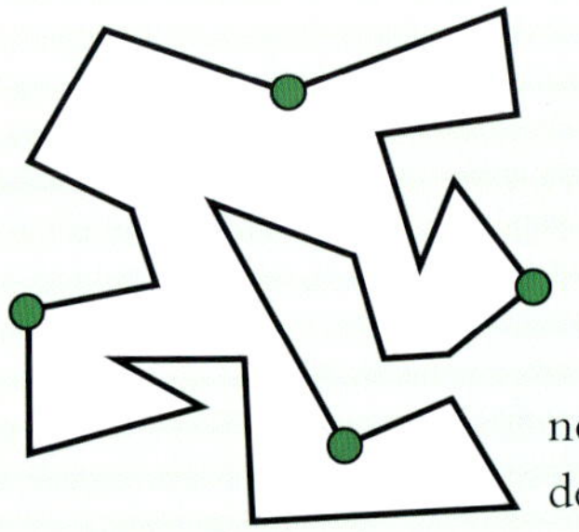

nombre minimum de caméras

Euclidien

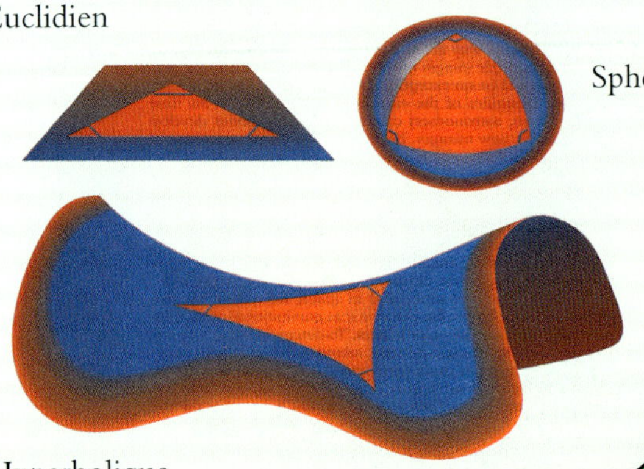

Sphérique

Hyperbolique

◀ ANGLES DANS UN TRIANGLE (page 66)

En pliant comme montré les sommets d'un triangle, vous pouvez le transformer en un rectangle. Les trois angles du triangle se trouvent alors sur une même ligne, formant un angle de 180 degrés.

La géométrie d'un espace peut être euclidienne, sphérique ou hyperbolique. Les angles d'un triangle sur une surface sphérique dépassent 180 degrés, et sur une surface hyperbolique (ou surface en selle) n'atteignent pas 180 degrés.

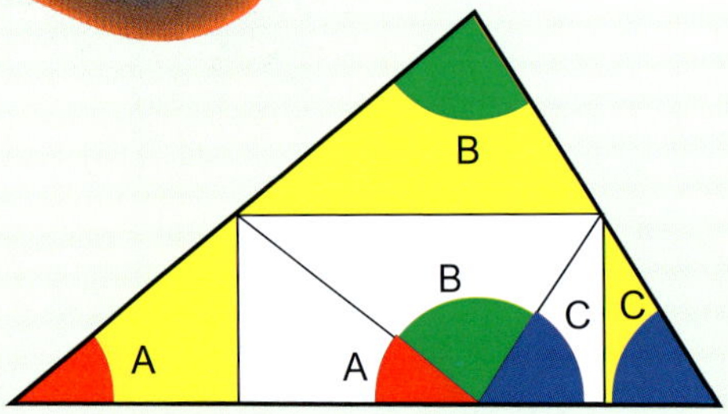

▶ LE PROBLÈME DU BOOMERANG
(page 67)

En remplissant les creux, la figure devient un hexagone régulier de même surface.

Surface de l'hexagone

= 6 × triangle

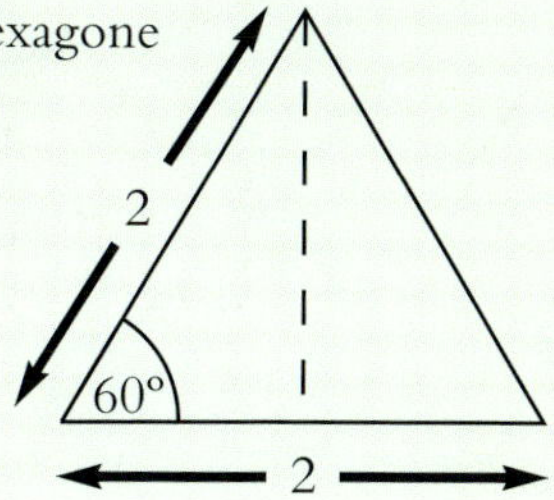

$= 6 \times \frac{1}{2} \times \text{base} \times \text{hauteur}$

$= 6 \times (\frac{1}{2} \times 2 \times \sqrt{2^2 - 1^2})$

d'après le théorème de Pythagore

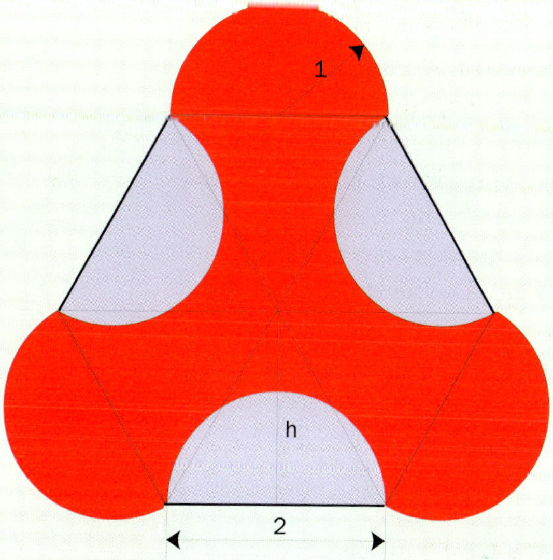

▶ RELIER CARRÉS ET TRIANGLES
(page 68)

13 triangles et 7 carrés sont nécessaires pour créer un polygone convexe de 11 côtés. Vous pourriez éprouver quelques difficultés à le construire si vous supposez que ses côtés doivent être identiques.

Tout pentagone convexe formé par des triangles peut être employé comme noyau d'un polygone convexe complexe à 11 côtés.

▶ COCCINELLES EN MASSE (page 69)

Chacune des 19 coccinelles se trouve dans un compartiment séparé.

De façon générale, le nombre maximum de régions créées par trois triangles se recoupant est de 19.

Cela peut être facilement prouvé. Deux triangles superposés peuvent créer un maximum de 7 régions distinctes. Chaque côté d'un troisième triangle peut couper un maximum de 4 lignes, formant 3 nouvelles régions pour un total de 12 nouvelles régions.

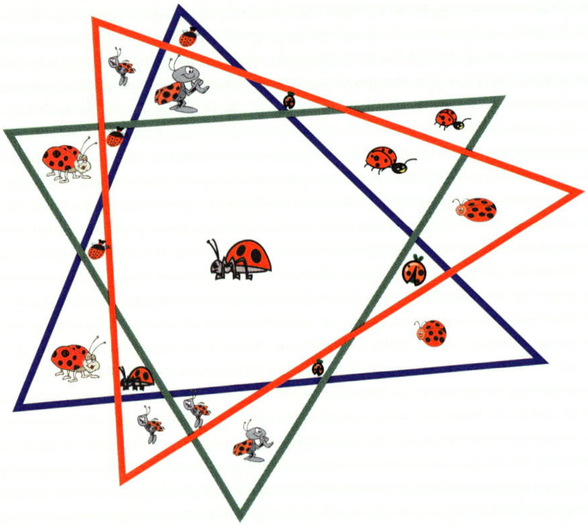

▼ PLUS COURTS CHEMINS DANS UN HEXAGONE (page 70)

Il existe deux solutions possibles pour six points situés aux sommets d'un hexagone régulier de côté unitaire.

Le chemin le plus court pour relier les sommets d'un hexagone régulier consiste ici à employer cinq des six côtés, ce qui donne une longueur total de 5 unités.

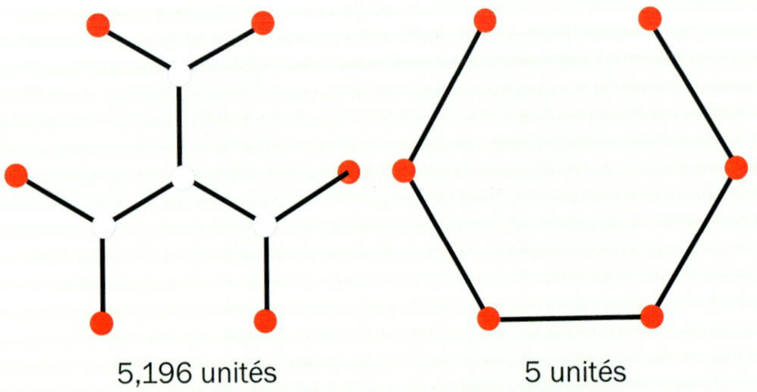

▼ LIAISONS ENTRE QUATRE VILLES (page 71)

Le troisième diagramme de la ligne supérieure possède la plus faible longueur totale.

In 1968, Edgar Gilbert et Henry Pollak du Bell Labs ont théorisé que, quel que soit l'emplacement des villes, le gain maximal en ajoutant des points de Steiner serait de 13,34% (hypothèse de ratio de Steiner). Vingt-trois ans plus tard, cela fut prouvé par Ding Zhu Du à Princeton et Frank Hwang à Bell Labs.

Les problèmes d'identification des routes minimales entre un grand nombre de points sont très complexes. Les bulles de savon semblent "connaître" tous les principes impliqués, et des modèles simples plongés dans une solution savonneuse procurent souvent presque immédiatement la réponse à des problèmes complexes.

▼ FAITES TOURNER (page 72)

Chaque morceau peut pivoter autour du cercle de la même couleur. Tournez chaque morceau de 180° dans le sens des aiguilles d'une montre pour révéler le nom du puzzle, comme illustré ici.

▼ DESSINS MASQUÉS (page 73)

Chaque dessin peut être trouvé deux fois.

▼ DIVISION DE TRIANGLE (page 74)

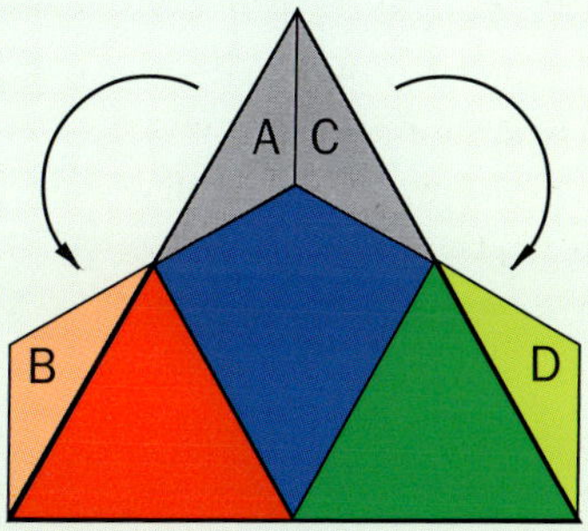

▼ QUADRILLAGE CARRÉ (page 75)

Les zones rouges représentent 44 % du grand carré.

Remarquez d'abord que toutes les lignes verticales sont parallèles. Comme la surface d'un parallélogramme est identique à celle du rectangle de mêmes base et hauteur, vous pouvez redessiner le quadrillage avec les lignes parfaitement verticales sans modifier la surface : vous corrigez la pente. Il suffit ensuite de compter les carrés. Il est alors facile de voir qu'une fraction de $\frac{4}{9}$ de la surface (44,44 %) est rouge.

▼ TRIANGLE DANS UN CARRÉ (page 76)

Le plus petit triangle équilatéral :
côté = 1
surface ≃ 0,4330

Le plus grand triangle équilatéral :
côté = 1,035
surface ≃ 0,4641

La surface d'un triangle équilatéral :

$$A = \frac{\sqrt{3}}{4} S^2$$

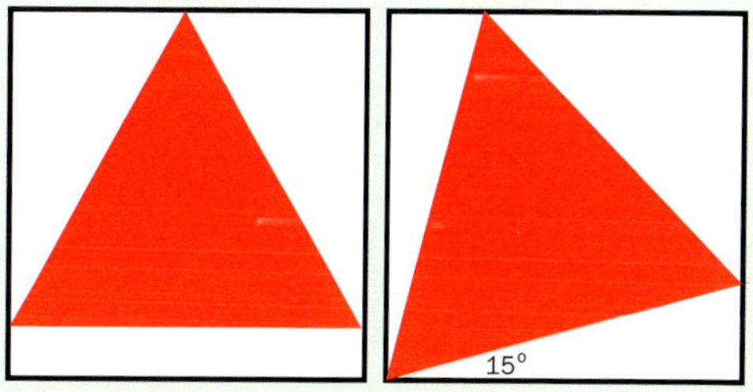

▶ CARRÉS DANS UN TRIANGLE DROIT (page 77)

Le plus grand carré qui puisse être placé dans un triangle droit isocèle est montré en rouge. Il ne peut être placé que d'une façon. L'autre carré qui peut être inscrit sur l'hypoténuse du triangle droit isocèle (montré en vert) est de taille légèrement inférieure à celle du carré rouge.

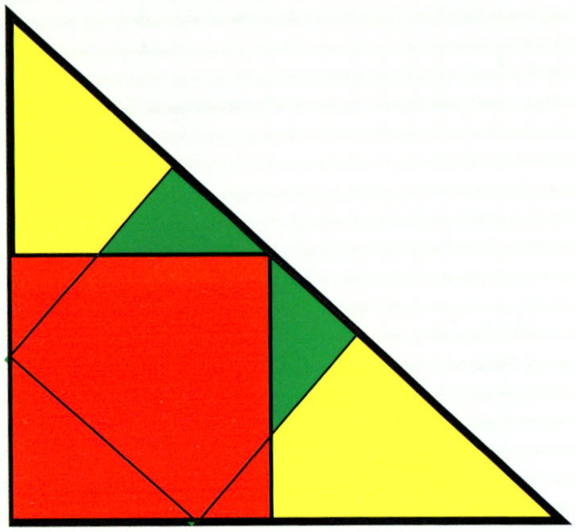

▶ RECTANGLE DANS UN TRIANGLE (page 77)

Reliez les centres de deux côtés quelconques pour rencontrer perpendiculairement le troisième côté, comme illustré, pour créer un rectangle maximal. Il existe trois de ces rectangles (pas forcément de la même forme, mais toujours avec la même surface) dans tout triangle aigu. Les triangles droits en ont deux (dont l'un est un carré), et les triangles obtus uniquement un, niché sur le côté opposé à l'angle obtus. La surface du rectangle maximal est la moitié de celle du triangle (Euclide, livre 6.27), ce qui peut facilement être prouvé par pliage.

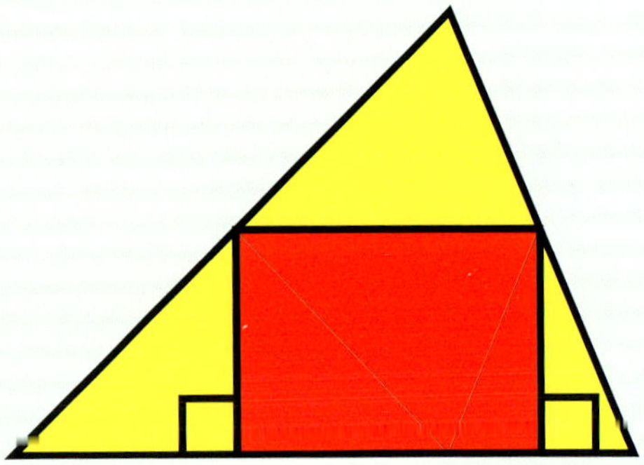

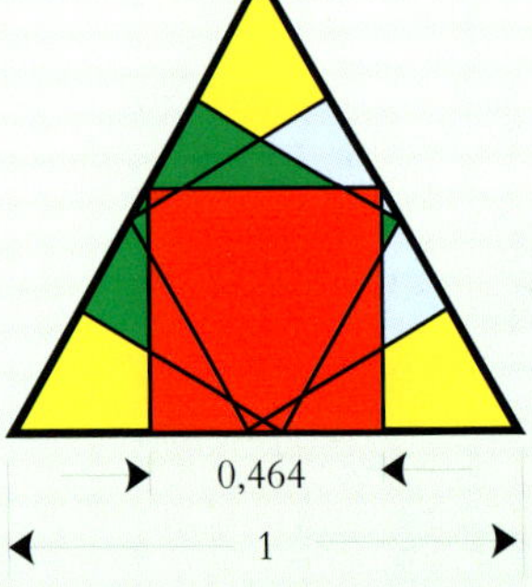

◀ CARRÉS DANS UN TRIANGLE (page 77)

Le plus grand carré possible peut s'inscrire dans un triangle équilatéral des trois façons indiquées.

La taille du carré est montrée en relation avec une base unitaire.

▼ ÉCONOMIES DE CLÔTURES 1 (page 78)

Le meilleur enclos rectangulaire est le carré. Il emploie moins de barrières qu'avec tout autre enclos rectangulaire de même surface.

▼ ÉCONOMIES DE CLÔTURES 2 (page 79)

La double cage avec les éléphants est le meilleur enclos, qui emploie le moins de matériaux pour les murs pour la même surface.

Non pas deux carrés, mais deux rectangles dont la longueur est supérieure d'un tiers à la largeur, ce qui permet de tenir le meilleur parti de la barrière commune aux deux rectangles.

Par exemple, pour les 2 carrés juxtaposés de côté de 6 cm, la surface totale est de 72 cm^2 pour 42 cm de barrières.

Pour les deux rectangles de côtés 5,27 et 6,83 cm, avec une surface identique à celle des carrés, la longueur totale de barrières n'est que de 41,57 cm.

La réponse à la dernière question consiste à assembler des hexagones réguliers. La preuve a été apportée en 1999 par Thomas Hales de l'Université du Michigan. Cela peut partiellement expliquer pourquoi des hexagones se rencontrent dans la nature, comme pour les alvéoles des ruches.

▶ CARRÉS IMBRIQUÉS (page 81)

C'est impossible. Le motif le plus approchant est montré à droite.

▼ POLYGONE ORIENTÉ (page 80)

Un circuit d'Hamilton. Il en existe d'autres.

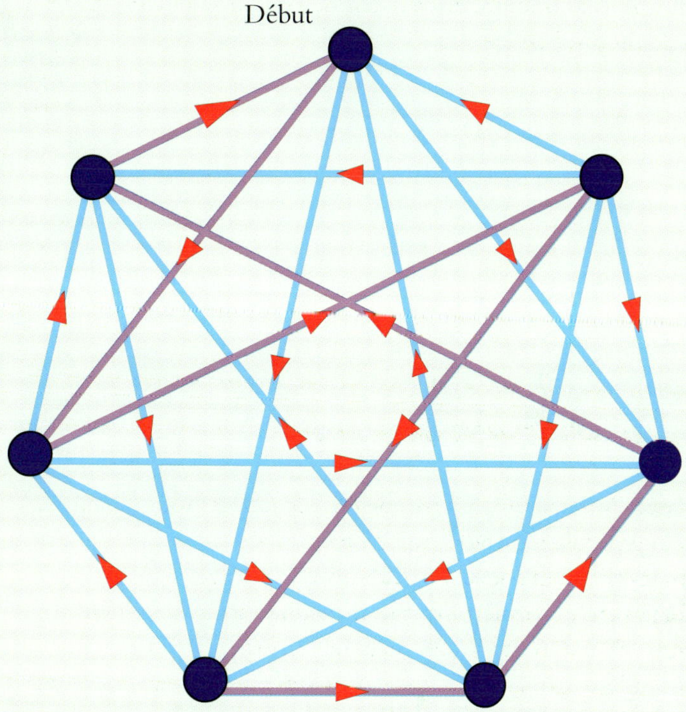

▶ EMBALLAGE DE CALISSONS (page 82)

Une des solutions valides est montrée ci-contre. Un théorème intéressant est associé à l'emballage des calissons. Avec un emballage donné, il n'est pas possible de remplir la boîte avec un nombre différent de n'importe quelle couleur de calisson.

Dans le cas de cette boîte, chaque couleur doit obligatoirement représenter un tiers du nombre total de calissons de la boîte.

L'emploi de ces formes losangiques produit un intéressant effet tridimensionnel.

▼ CARRÉ OPAQUE (page 83)

Une barrière plus courte ne peut comporter une unique ligne, puisqu'une forme en U est la barrière monoligne la plus courte qui contienne les quatre coins.

L'arborescence minimale de Steiner (surface minimale) sur les quatre coins d'un carré crée une barrière longue de 2,732 unités, mais ce n'est pas la barrière opaque la plus courte.

Une barrière composée de deux parties séparées aboutit à un total d'environ 2,639 unités de longueur. Cela est considéré comme la meilleure solution, bien que la preuve n'ait pas encore été apportée.

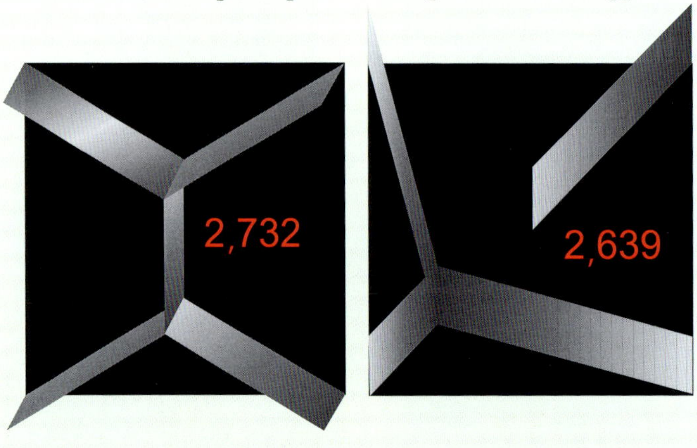

▼ ANGLES DANS DES ÉTOILES PENTAGONALES (page 84)

Les angles d'une étoile pentagonale totalisent 180 °.

Peu importe la façon dont vous dessiniez une étoile pentagonale et son éventuelle distorsion, ses cinq angles donneront toujours un total de 180 °.

Vous pouvez vérifier cela en coupant les angles de n'importe quelle étoile et en les collant pour définir une ligne droite.

Une preuve similaire peut être obtenue à l'aide d'une allumette. Placez une allumette le long de la ligne horizontale pointant vers la gauche. Faites-la glisser jusqu'au bout de la ligne, puis faites-la pivoter selon l'angle ; répétez le processus. Vous reviendrez finalement à votre ligne de départ, l'allumette pointant dans le sens opposé, prouvant qu'elle a pivoté de 180 degrés.

◀ TRIANGULATION (page 86)

De façon générale, le nombre de divisions possibles d'un polygone régulier en triangles est :

1, 2, 5, 14, 42, 132, 429, 1430, 4862...

Ces nombres sont appelés nombres de Catalan, d'après Eugène Catalan (1814-1894). Ils apparaissent dans de nombreux problèmes de mathématique combinatoire.

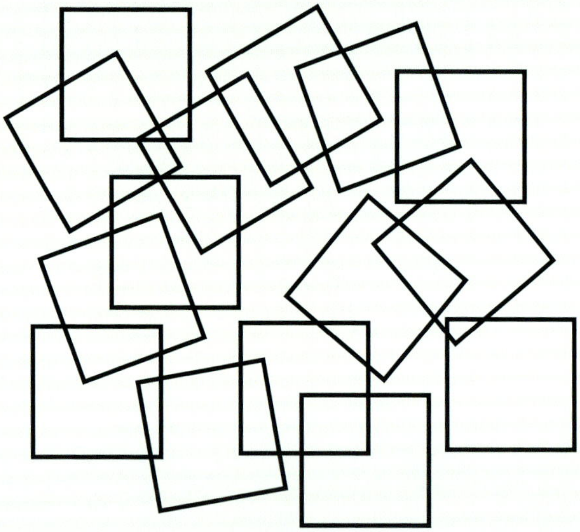

▶ COMPTAGE DE CARRÉS (page 87)

15 carrés.

▼ CRAQUELURES DANS LA BOUE (page 88)

La première fissure est celle qui traverse totalement le carré, partant à mi-hauteur du côté gauche pour aboutir vers le premier tiers du côté droit.

Dans les années 60, James Neal du laboratoire de recherche de Cambridge de l'U.S. Air Force a établi suite à ses études de craquelures de boue la règle selon laquelle les intersections sont approximativement perpendiculaires et les îles possèdent quatre côtés. Des contraintes géométriques influent sur les motifs trouvés dans de la boue craquelée. La tendance naturelle est de créer le réseau le plus simple possible : seules trois fissures se rencontrent à chaque coin. L'apparition des fissures est toujours séquentielle et non simultanée. Lorsqu'une fissure se forme, elle se relie habituellement à une fissure existante en formant une intersection à trois rayons. La formation d'une intersection à quatre rayons est hautement improbable, car cela signifierait que deux nouvelles fissures venant de côtés opposés coupent une fissure existante au même endroit exactement au même moment.

Il est généralement possible de déterminer l'ordre d'apparition des fissures : la plus ancienne de deux fissures traverse l'intersection en ligne droite.

▼ SURFACE DODÉCAGONALE (page 89)

Le carreau est divisé en 16 triangles équilatéraux et 32 triangles isocèles d'angles 15, 15 et 150 degrés.

4 des 16 triangles équilatéraux et 8 des 32 triangles isocèles sont à l'extérieur du dodécagone. Le dodécagone possède donc une surface égale à $^3/_4$ de celle du carré. Le carré possède une surface de 4 (déterminée par le cercle inscrit de rayon unitaire : il a donc un côté de 2), si bien que la surface du dodécagone est 3.

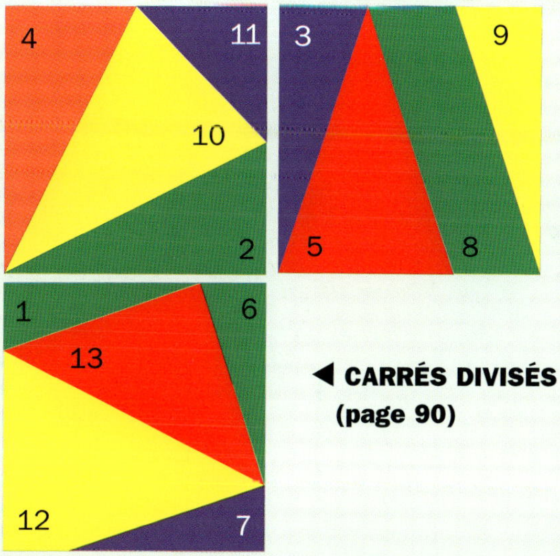

◀ **CARRÉS DIVISÉS (page 90)**

▼ **CARRÉS ÉTOILÉS (page 91)**

Il existe 12 schémas de couleurs différentes, comme illustré.

▶ **FORMES ET MOTIFS (page 92)**

Ce motif n'est pas employé.

▼ ANIMALERIE (page 93)

Voici la seule solution possible.

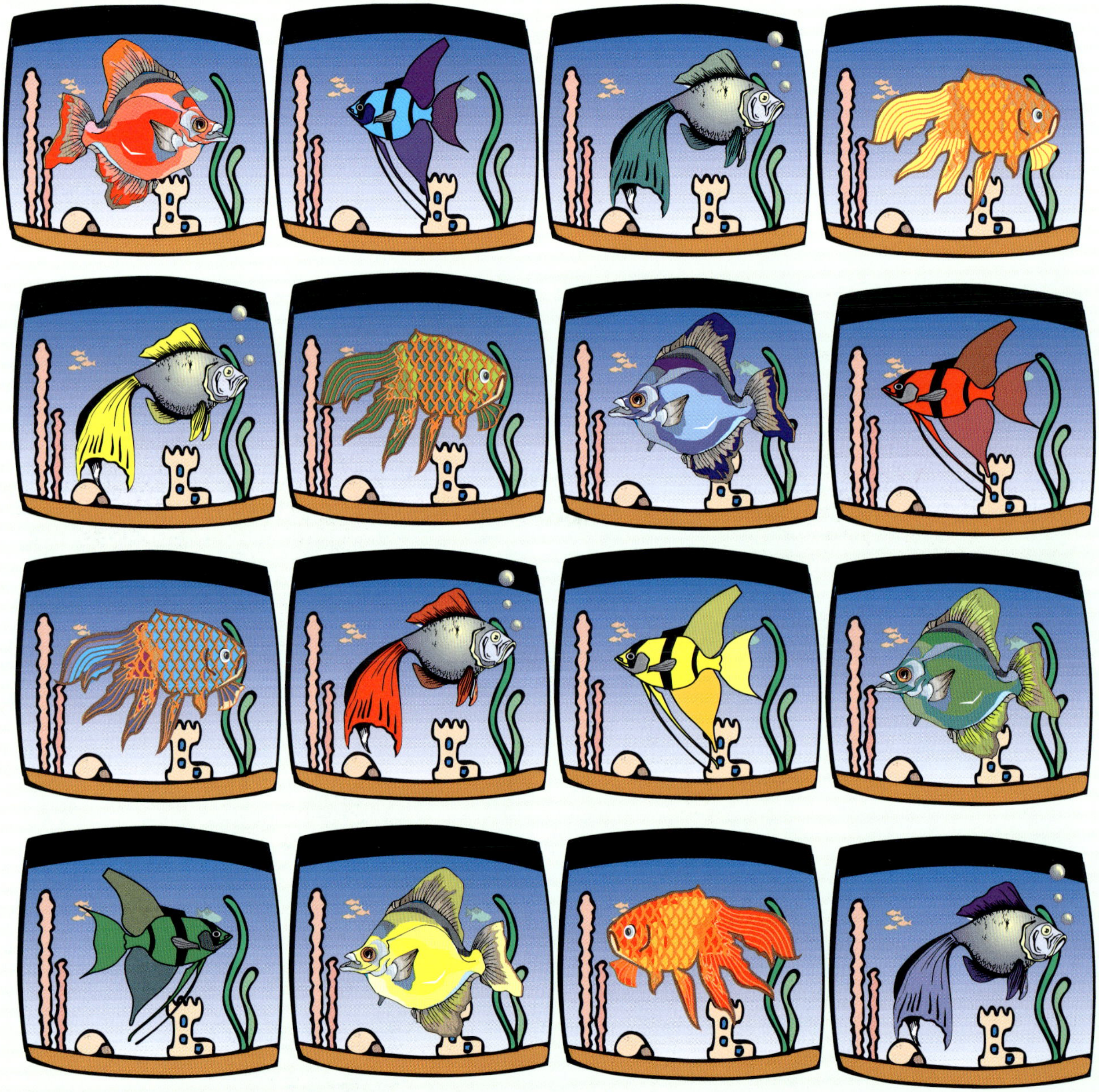

▼ LIGNES DE SYMÉTRIE (page 94)

Deux motifs ne possèdent pas huit lignes de symétrie (voir l'illustration).

▼ LA GOUTTE ROUGE (page 95)

Vous pourriez en pratique voir la goutte rouge rebondir de la surface de l'eau, exactement 150 millisecondes plus tard. Cela a été prouvé à l'aide de caméras à haute vitesse de prise de vue.

Pendant ce court laps de temps, le liquide de la goutte rouge n'a pas le temps de se mélanger avec l'eau du bol. Cela se produit chaque fois qu'un robinet fuit. C'est une fantastique démonstration du phénomène complexe de mécanique des fluides connu sous le nom de “flux laminaire inverse”.

▼ BOUGIE ENFLAMMÉE (page 96)

Tout objet en combustion consomme l'oxygène de l'air. Celui-ci est indispensable à la combustion.

Lorsque la flamme de la bougie a consommé tout l'oxygène de l'air du récipient, la bougie s'éteint. Le niveau d'eau dans la bouteille s'est élevé pour occuper la place de l'oxygène consommé.

▼ EXPÉRIENCE CHIMIQUE (page 97)

Les six flacons peuvent contenir un total de 98 unités de liquide : deux de plus qu'un multiple de trois.

Le flacon vide doit être un flacon contenant deux de plus qu'un multiple de trois. Le seul à satisfaire cette exigence est celui de contenance 20 unités.

Les cinq autres flacons contiennent 78 unités de liquide, dont un tiers rempli de 26 unités de liquide rouge, et les autres de 52 unités de liquide bleu, comme illustré.